Nicolas Dickner

Le romancier portatif

52 chroniques à emporter

Alto

Les Éditions Alto remercient de leur soutien financier
le Conseil des Arts du Canada
et la Société de développement des entreprises culturelles
du Québec (SODEC).

Les Éditions Alto reconnaissent l'aide financière
du gouvernement du Canada
par l'entremise du Fonds du livre du Canada
pour leurs activités d'édition.

Gouvernement du Québec – Programme de crédit d'impôt
pour l'édition de livres – Gestion SODEC.

Illustration de la couverture : Alain Pilon
www.alainpilon.com

Première édition limitée à 2 500 exemplaires.

Pour chaque exemplaire vendu,
Alto versera 7 $ à la Fondation
pour l'alphabétisation.
www.fondationalphabetisation.org

ISBN : 978-2-923550-85-5

Avant-propos

Lorsque j'ai commencé à tenir chronique dans les pages du *Voir*, au printemps 2006, je ne savais pas quelle forme prendrait ma contribution hebdomadaire. Cinq ans plus tard, je l'ignore toujours — comme si, après plus de 200 chroniques, j'étais demeuré méfiant à l'égard des certitudes.

Dès la première semaine, j'ai tenté de m'en tirer par une pirouette : j'évoquais la possibilité d'aborder tous les sujets, y compris l'okapi et le zouave.

D'okapi et de zouave, je n'ai jamais parlé. Par contre, il a été question de poissons vidangeurs et de crapauds, de colibris, de rottweilers, de méduses et d'amibes, de protozoaires, de bivalves, de cœlacanthes et de poules. J'ai évoqué le cachalot albinos et le chat communiste. J'ai raconté l'histoire des brontosaures borgésiens, de la mineuse du marronnier, et de ces malheureuses chèvres qui ont porté la Bible jusqu'à nous, tatouée à même le cuir de leur dos.

Mais de tous les animaux dont j'ai parlé, le plus étonnant est sans contredit l'*homo sapiens*. La diversité (et l'étrangeté) de ses pratiques coupe le souffle, et il m'a fallu, pour en donner la pleine mesure, rameuter le capitaine Achab et Frank

Zappa, Georges Perec et Robert De Niro, les Schtroumpfs et le petit Jésus, sans oublier le lecteur cyborg, le romancier généraliste et la sociologue préférée.

Mes chroniques sont surpeuplées, en somme, et on pourrait en déduire que je déteste écrire seul. Il s'agit d'un travers de romancier, à n'en pas douter, mais surtout d'un commentaire sur le livre. La présence constante de ces personn(ag)es rappelle que la littérature est avant tout une affaire sociale. Sans le petit bestiaire du livre — lecteurs, auteurs, éditeurs et passeurs —, la littérature serait lettre morte.

Voilà pourquoi il nous a semblé tout naturel de concevoir ce recueil sous la forme d'une entreprise sociale. Dès le début, nous avons convenu que les profits de l'affaire seraient versés à un organisme voué à la diffusion du livre. La Fondation pour l'alphabétisation s'est vite imposée le choix évident. Grâce à ses divers programmes, la Fondation lutte contre les nombreuses formes que prend l'analphabétisme : elle s'adresse non seulement aux adultes, mais travaille également à contrer le décrochage scolaire, et dote les jeunes lecteurs défavorisés de livres neufs. Elle contribue ainsi à tisser le filet social du livre, de ce que le livre sera demain, en 2025.

En tant que chroniqueur littéraire, je n'imagine pas de meilleure ambition.

Montréal, juin 2011

Cet ouvrage a vu le jour grâce à la généreuse participation de Christine Barbeau, Marc Bouchard, Katie Boulet, Judith Landry, Tristan Malavoy-Racine, Rémi Marcoux, Tania Massault, Pierre Paquet, Maryse Perreault, Alain Pilon, Julie Robert, Hugues Skene (KX3 Communication inc.), Antoine Tanguay et Isabelle Tousignant.

Merci à eux.

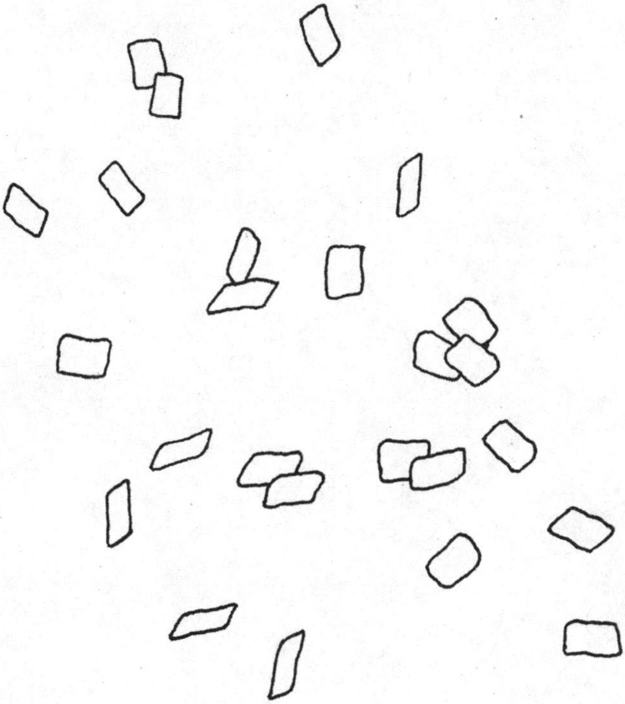

Devancer les éboueurs

L'écrivain est le poisson vidangeur de cet aquarium boueux que l'on nomme culture. Il filtre, il recycle, il brocante. Plus les déchets abondent, plus l'auteur a l'écaille lustrée. Un bon écrivain, en somme, devance toujours les éboueurs, vérité peu prisée que rappelait Christian Mistral dans son roman *Vautour* — juste avant de nous balancer un magistral menu de binerie en guise de chapitre.

L'écrivain n'invente rien. Ses codes et ses matériaux sont les fruits d'un immémorial labeur collectif. Il ramasse et il assemble, il décape et il revernit — mais il compose chaque fois avec 99,9 % de matériel usagé. (Je retranche une décimale pour le bénéfice du doute.)

Le concept de nouveauté littéraire est un vieux mensonge qui fait l'affaire de tout le monde. En vérité, la littérature n'échappe pas aux lois de la conservation de la matière — rien ne s'y perd, rien ne s'y crée. J'ajoute même que tout l'intérêt de l'exercice repose précisément sur cette étonnante capacité d'assembler sans fin les mêmes vieux Lego que l'on se passe de main en main, de l'aîné jusqu'au benjamin, depuis de lointaines époques. Le jeu de meccano d'Homère ne date pas d'hier, mais il fait encore l'affaire.

L'obsession de la nouveauté constitue sans doute une forme atténuée de parricide. On prétend faire table rase, écrire au-delà de ses prédécesseurs. Vanité des vanités : pour s'affranchir un tant soit peu de notre lourd passé, il faudrait inventer un idiome inédit, élaborer un alphabet sur mesure, œuvrer sur un support d'origine extraterrestre, redéfinir toutes les lois de la narration — et obtenir, par le fait même, un roman aussi abscons qu'inintéressant.

On pourrait gloser longuement sur l'origine de cette illusion. Prend-elle sa source dans l'ego de l'auteur ? Dans les départements de mise en marché des maisons d'édition ? Dans la soif populaire pour les héros, messies et autres enfants prodiges ?

Chose certaine, une partie de l'affaire repose sur la qualité matérielle du livre moderne. Vous en doutez ? Exercice de la semaine : allez en librairie et examinez un des opus fraîchement parachutés sur les présentoirs. Surtout, ne prenez rien sur les tablettes : vous n'y trouveriez que des vieilleries datant du mois d'avril, c'est-à-dire de la première communion de votre arrière-grand-oncle Gérard. Le monde des lettres roule bon train. Même les gadgets informatiques périment moins vite.

Choisissez donc un roman en devanture, pigez au milieu de la pile et contemplez la couverture. Faites abstraction de tout élément d'ordre esthétique, concentrez-vous plutôt sur la dimension moléculaire de l'objet : la qualité de l'impression, les vernis sélectifs, l'épine encore dépourvue de la moindre ride. Ouvrez ensuite le livre en plein centre, humez la colle et l'encre. Caressez le papier entre le pouce et l'index, appréciez sa texture et sa souplesse.

Vous tenez dans vos mains l'incarnation même de la nouveauté.

La langue française fait preuve d'une (instructive) imprécision : le substantif « nouveauté » désigne tout à la fois ce qui est neuf et ce qui est nouveau. Emportés par l'enthousiasme, il nous arrive souvent de confondre l'un et l'autre.

Bref, j'apprenais la semaine dernière l'existence d'ÉcoInitiatives[1], une organisation de Vancouver qui encourage les maisons d'édition à imprimer leurs bouquins sur papier kascher. Les signataires s'engagent à n'utiliser que des papiers exempts d'arbres provenant de forêts menacées, sans blanchissage au chlore, et contenant un pourcentage minimal de fibres réutilisées. Depuis 2001, quelque 80 éditeurs (essentiellement du Canada anglais) ont pris le train.

J'applaudis à tout rompre. Pas simplement parce que j'ai un faible pour les épinettes noires. Pas seulement parce qu'il est doux d'imaginer ces monceaux de publisacs, de catalogues, de journaux, d'enveloppes à fenêtre et de factures inclassables transmutés en romans. Pas uniquement parce qu'il est rassurant d'imaginer que mes chroniques hebdomadaires entameront peut-être une seconde vie sous les mots d'un autre.

Mais surtout parce que, pour une fois, la littérature sera en phase avec son support : des idées recyclées sur du papier recyclé.

8 juin 2006

---

1. Depuis, cet organisme a été renommé Canopée.

Pétanque

Le poignet est une penture anodine mais essen - tielle. On n'oserait dire que la littérature repose tout entière sur ce détail de l'anatomie — cela ferait de l'écrivain un cousin du gymnaste —, mais on peut certainement penser qu'il s'agit du maillon faible de l'affaire. Disposerait-on du talent le plus vigoureux, on demeure toujours à la merci de la mécanique : les poignets viennent à flancher et c'est toute une carrière qui est compromise.

La prévention est le nœud de l'affaire. Dans le métier, chacun s'entretient la charnière avec sa petite recette personnelle. Le dramaturge s'étire le long supinateur. L'essayiste se masse le canal carpien. Le poète pratique l'onction de la jointure. Plus fantasque, le romancier se plante l'avant-bras dans la glace.

Pour ma part, j'ai trouvé une excellente méthode pour changer le mal de place : après le dîner nous allons, ma sociologue préférée et moi, jouer à la pétanque.

Nous disposons du gravier idéal à deux minutes de marche : dissimulé entre l'église et la ruelle, entretenu avec soin, ombragé par une paire de mystérieux arbres à gousses, et éclairé dès la brunante si l'envie nous prend d'un tournoi nocturne. Unique pépin : nous y jouons en qualité de squatteurs et il arrive que monsieur le bedeau, fasciste courtaud mais ventru, vienne nous déloger à coups de râteau. La perfection n'est pas de ce monde.

La pétanque, en plus d'oxygéner la musculature compliquée de l'avant-bras, est proche parente de la littérature. Je vous entends déjà vous ébaudir, lecteurs sceptiques. Considérez l'analogie sans préjugé, vous verrez qu'elle s'impose.

Premièrement, les deux disciplines appartiennent au domaine de l'inutile et de l'injustifiable. Elles juchent au sommet de la pyramide de Maslow, plusieurs dizaines de perchoirs au-dessus des impératifs de survie, parmi les Vénus de Milo et autres volatiles sophistiqués. Écrire, lire et pilonner le cochonnet remplissent les mêmes fonctions : cela aide à vivre, à comprendre le monde, à cohabiter, à grandir — bref, cela structure nos identités individuelles et tribales.

Pétanque et littérature sont aussi nécessaires qu'inutiles.

Les deux sports se pratiquent sur la place publique — qu'il s'agisse d'une agora métaphorique ou d'un espace municipal non pavé, idéalement bordé de platanes indigènes. En pétanque comme en littérature, on se livre à l'appréciation (voire à la vindicte) populaire. Chaque citoyen possède une connaissance quotidienne des matériaux de base — langage, techniques narratives, forces gravitationnelles — et, par conséquent, cultive une opinion sur la question.

Attention ! Le premier venu n'est pas pour autant autorisé à proférer n'importe quoi. Praticiens et spectateurs traitent la situation avec le plus grand des sérieux. L'acte est solennel, théâtral, il touche au sacré. Une stricte hiérarchie règne autour de l'aire de jeu, fondée sur l'adresse, l'éloquence, le pedigree et l'âge du capitaine. D'ailleurs, dans les deux disciplines, on fait figure de jeunot jusqu'à 50 ans.

Des règles fort compliquées régissent les deux sports, que personne ou presque ne suit à la lettre — sauf lorsque d'importants intérêts financiers sont en jeu. La réussite est par ailleurs hasardeuse : elle dépend autant de votre dextérité que des aléas du terrain. Un caillou à peine sépare la bévue du coup de maître, ce qui incite à l'humilité.

Soulignons enfin le caractère essentiellement intangible des deux activités. Ne nous laissons pas leurrer par la souplesse du papier ou le poids de l'acier : l'enjeu se trouve ailleurs.

Autrement dit : le désir qui naît de la pétanque, tout comme le désir insufflé par la lecture, ne se répercute pas forcément dans le monde réel. Les deux sports se déroulent dans le for intérieur. Pétanque et lecture sont les affleurements d'une vaste joute secrète, qui se déroule 20 000 lieues sous le macadam. Ou au-dessus des cumulostratus. Dans un monde parallèle.

J'en connais qui, à l'occasion d'un pèlerinage chez le père Giono, à Manosque, revinrent au Québec avec une soif intense de pétanque. Ils se procurèrent illico une panoplie idoine dont les boules, à ce jour, n'ont pas touché le gravier. Elles hibernent dans un placard, idoles méridionales à qui l'on offre miel et alcool fort, tabac, patchouli, petite monnaie. Bref, elles remplissent leur rôle.

Terminons sur un conseil pratique : le petit pastis (pas trop coupé) nuit parfois à l'exécution, mais jamais à l'inspiration. On se gardera toutefois d'honorer l'anis trop tôt dans la journée : il reste toujours des chapitres à écrire.

22 juin 2006

Question cruciale

Vivons-nous une époque historique ? Ne répondez pas trop vite. Il est difficile d'avoir une opinion neutre sur la question. L'humain est aussi chauviniste dans le temps que dans l'espace : il croit au progrès, l'animal. Il pense que chaque minute constitue une amélioration par rapport à la minute précédente. Il a la conviction que la somme des décisions que prend son espèce contribue à une amélioration globale du portrait d'ensemble.

L'*homo sapiens* aurait intérêt à relire Darwin. Pour tout dire, relire Darwin est un véritable devoir citoyen en cette période trouble où *L'Origine des espèces* se classe à l'index de certaines commissions scolaires américaines. Le vénérable naturaliste nous en apprendrait de bien bonnes sur nous-mêmes. Par exemple, que l'évolution n'est pas une affaire de bonification, mais d'adaptation.

Notre espèce, en somme, ne s'améliore pas.

Nous n'avançons pas vers un futur lumineux, dressé sur l'horizon opaque du vingt et unième siècle, tout le monde en rangs bien ordonnés, le mollet à l'équerre. Au contraire, nous nous éparpillons dans tous les sens — d'où la difficulté de saisir le mouvement d'ensemble. Voilà qui complique singulièrement la vie de l'écrivain.

L'écrivain, en effet, cherche sans cesse à devancer ses contemporains. Certaines personnes gagnent leur vie en taillant des buissons en forme de caniche, en pilotant des avions ou en codant du C++. L'écrivain fait son beurre en précédant autrui.

Pas trop, remarquez. Il faut devancer son époque d'un modeste chouïa, sinon on inspire la panique — et tout le monde craint la panique. Éditeurs, lecteurs et hommes d'affaires s'entendent sur ce point : la panique est une très mauvaise chose.

Or, pour devancer une époque, il convient d'avancer dans la bonne direction. Il faut étudier la mousse sur le tronc des arbres, étudier les constellations, flairer l'odeur du vent.

D'où cette question cruciale : vivons-nous une époque historique ou une période glaciaire ? Et : où cela nous mène-t-il ?

Taraudé par cette question, l'écrivain scrupuleux tente d'épuiser les diverses sources d'information disponibles. Il consomme des tonnes de papier journal, s'abrutit d'ondes hertziennes, prête l'oreille aux moindres rumeurs. L'apparition d'Internet lui a porté un coup fatal. Trop d'informations affluent trop vite. Son esprit flambe désormais telle la savane où l'on aurait jeté un mégot d'une chiquenaude distraite. Cet écrivain ne fait généralement pas de vieux os : son cœur flanche au tournant du siècle.

L'écrivain astucieux opte pour une approche acrobatique, il contourne le problème pour vicieusement l'attaquer à reculons. Voilà Samuel Beckett.

L'air de n'y pas toucher, dissimulé derrière une œuvre faussement absurde, l'homme pose un diagnostic radical : aujourd'hui, hier et demain sont interchangeables. « *Ne disons pas de mal de notre époque... N'en disons pas de bien... N'en parlons plus...* », écrit-il dans *En attendant Godot*.

L'écrivain ambitieux va droit au but : il tente de faire l'histoire. Pourquoi se contenter d'assister aux incohérentes fluctuations de l'actualité alors qu'on peut s'emparer des moyens de production ? Tous les stratagèmes sont permis : lancer des rumeurs, manipuler les faits, travailler à Hollywood.

L'écrivain bigleux, faute de fournir une réponse adéquate, deviendra la risée de son impitoyable descendance. (Ils auront sans doute lu Darwin, les petits morveux.)

* * *

Vivons-nous une époque historique ? Je n'oserais l'affirmer avec certitude. Cela me classe dans la catégorie des bigleux sans rémission.

Chose certaine, la fin du monde est à la mode, ce qui ne laisse planer aucun doute sur l'image que nous entretenons de nous-mêmes.

Ce regain d'intérêt pour l'apocalypse fait rouler l'industrie et engendre quelques pathologies pittoresques. À ce propos, je soupçonne certains écrivains de vouloir s'éteindre avec leur époque. Survivre à son lectorat, après tout, quelle aberration... Et puis, comment prendre au sérieux une époque incapable de venir à bout d'un simple écrivain ? On préfère ne pas y songer. Ce serait une époque de pacotille, la honte de la profession.

Ces écrivains séculiers suivent la météo en croisant les doigts : la saison des ouragans leur apporte espoir et réconfort. Souhaitons-leur un bon été.

29 juin 2006

Drame champêtre en deux actes (et prolongation)

Cette chronique vous provient du fin fond de l'Estrie, au cœur d'un boisé de frênes situé à un jet de pierre de la frontière du Vermont. On m'a en effet confié un chalet pour trois semaines. Un endroit admirable, infesté d'oiseaux et de diptères exotiques. On n'y entend que des pics-bois et des cigales, la pluie sur les feuilles, le tonnerre sur la rive ouest du lac Champlain. De temps à autre retentit une détonation de .22.

On se croirait dans un dessin animé d'Hayao Miyazaki. Sauf pour la détonation de .22, bien sûr.

Il s'agit de l'endroit rêvé pour écrire. On m'assure d'ailleurs qu'un légendaire chroniqueur montréalais aurait vécu plusieurs années dans la région. On le croisait en train d'acheter sa baguette, son litron, son kilo de clous galvanisés. À relire ses chroniques de l'époque, on comprend que l'endroit n'a pas nui à son inspiration.

Bref, depuis deux jours, je travaille, j'arrose les fleurs — elles sont innombrables, affublées de noms exotiques —, je touille le compost, je garnis les mangeoires que des volatiles tapageurs s'empressent de vider, j'éradique les colonies d'abeilles tueuses qui se disputent le dessous du perron. Je dénombre les lucioles et les rainettes. Je hume, je palpe, j'observe.

Comme si cette atmosphère bucolique ne suffisait pas, je dispose d'une cuisine bien équipée, d'une bibliothèque à épices digne d'Alexandrie. Au coucher du soleil, je me mitonne un filet de morue que je dévore dans le jardin. L'orage vient de passer, une lumière de début du monde tombe dans le sous-bois.

Je suis tellement heureux que j'ai l'intention de passer trois semaines nu-pieds. À la Thoreau.

*
* *

Seulement voilà, au cœur de ce paradis se trouve une télévision. Pour être plus précis, une télévision satellite. Vous savez, le modèle qui capte trois milliards de chaînes diffusées par quelque hideux lave-vaisselle posté en orbite géostationnaire.

J'ai mis une croix sur la télé il y a plusieurs années. Successivement par snobisme, protestation, manque d'intérêt, pénurie de temps et, désormais, parce que notre récepteur date de la Crise d'octobre, qu'aucun câble coaxial ne le relie au reste du monde et que son tube cathodique est prompt aux tempêtes de neige.

Bref, entre deux virées dans les herbages, je lance un regard méfiant à la télévision de mes hôtes. Je flaire le danger. Je suis ici pour la bonne cause : un manuscrit à réviser, un blogue à nourrir, une douzaine de chapitres à cracher, une nouvelle à écrire, une chronique à rendre chaque lundi matin. Il faudra mitrailler sans relâche.

La télévision, je le sens, je le sais, sera mon pire ennemi.

Après un moment, pourtant, j'ose m'en approcher. Avec précaution. Puis, avec confiance. Il faut connaître son adversaire pour mieux le maîtriser. Je m'empare d'une poignée de télécommandes, pianote au hasard et parviens à syntoniser un signal : la Coupe du monde de football. Allemagne contre Italie. En demi-finale.

Moi qui n'écoute jamais le sport (sauf le baseball sur le AM, par pure nostalgie), je chois dans le sofa, happé. Bon, bon, bon. Après tout, un petit match ne peut pas nuire au moral des troupes. Yves Thériault lui-même ne lâchait-il pas sa machine à écrire le temps de regarder *La Soirée du hockey* ? On ne peut pas me reprocher de suivre la piste du plus prolifique écrivain de la littérature nationale. Un véritable Hercule du verbe, notre Thériault. Une force de la nature. D'ailleurs, il allait pieds nus en toutes saisons.

Bref, je m'enfile le match de foot d'un bout à l'autre, la joie au cœur, un bol de pinottes sur les genoux. Mon cœur palpite. La victoire italienne se joue au terme de deux prolongations, à la toute dernière minute. Un suspense digne de Dino Buzzati — comme quoi le foot obéit lui aussi à des règles narratives.

Une fois le match terminé, j'éteins l'appareil et prends une grande respiration.

D'un geste assuré, je rafle la collection de télécommandes qui couvrent la table. Je sors de la maison, saisis une bêche au passage et file enterrer mon butin au fond du jardin, derrière les plants de tomates. Un crapaud observe la scène, amusé.

13 juillet 2006

Harry Potter et vinaigrette

Je vous narrais, la semaine dernière, ma victoire morale contre la télévision par satellite. Libéré de l'emprise télévisuelle, je comptais abattre une montagne de travail — humble bûcheron dans la forêt des mots, tronçonnant les paragraphes d'une main allègre.

C'est par pure coïncidence, je vous jure, que j'ai jeté un coup d'œil au télé-horaire qui traînait encore sur la table. Histoire de voir ce que j'allais manquer, vous comprenez ? De bien jauger l'ampleur de ma vertu.

J'ai appris qu'à 20 h 30 on diffuserait *Sometimes a Great Notion*, un film de Paul Newman tiré du roman de Ken Kesey. Drame social, États-Unis, 1971, coté 3.

Or, je me suis justement acheté une copie de *Sometimes a Great Notion* il y a deux semaines, lors d'une virée dans le ghetto McGill. Sacrée coïncidence. Le genre de coïncidence susceptible de corrompre ma vertu. Misère.

Évidemment, il y a un hic. Sans hic, pas de chronique — la littérature repose tout entière sur le pépin et l'éraflure.

Je vous le donne en mille : je n'ai pas eu le temps de lire *Sometimes a Great Notion*. Or, je suis pointilleux là-dessus, je me fais un point d'honneur de lire un livre avant de visionner sa version cinématographique.

Singulière manie, direz-vous. De toute manière, on risque toujours d'être déçu. Déçu par le roman si on visionne d'abord le film, déçu par le film après voir aimé le roman. L'ordre de la déception importe-t-il vraiment ?

Il y a des cas où l'on n'est déçu ni par l'un, ni par l'autre. Tenez, allez donc relouer *Vol au-dessus d'un nid de coucou* (pour rester du côté de monsieur Kesey). Et lisez aussi le bouquin. Dans l'ordre qui vous plaira. Des heures de plaisir.

Je réalise à l'instant que mon exemple date d'au-dessus de 30 ans. Ça ne vous énerve pas, vous, cette impression que tout était meilleur jadis ?

Prenez *Harry Potter*. Un véritable phénomène littéraire, en plein milieu d'une époque où les phénomènes littéraires se raréfient. Partout en Occident, des centaines de milliers de jeunes — que l'on croyait plutôt portés sur le GameCube — dévorent soudain des briques épaisses comme ça. Mieux : ils attendent la suite avec des poussées de fièvre, des tremblements, des éruptions cutanées.

La suite ? Elle est prévisible. On produit le film sans même attendre le dernier tome (il faut profiter de la vague). Ça donne le ragoût habituel : un produit dérivé, un objet commercial hypertrophié, plus gros que son prétexte, qui finit par l'absorber.

Ce qui m'exaspère vraiment, ce n'est pas la qualité des adaptations (ni pire ni meilleure, dans l'ensemble), mais leur mise en marché. Ça débute de plus en plus tôt, bien avant la sortie en salle ou en DVD. En fait, dès qu'un bouquin fait jaser, on discute de son adaptation.

Forcément, on en vient à croire que le cinéma représente l'aboutissement naturel du roman. Comme si le livre, en somme, constituait un médium assez primitif, et qu'une histoire ne pouvait atteindre son plein développement que grâce au cinéma.

C'est nouveau, cette subtile condescendance, ou bien elle sévissait depuis un bout de temps déjà ? Je compte sur vous pour me le dire : je ne suis là que depuis 1972.

Bref, ma décision est prise : je vais regarder *Sometimes a Great Notion* sans avoir lu le roman.

À l'évidence, je ne crains pas d'être déçu. J'ai un faible pour Paul Newman. Ce type aborde le produit dérivé sans la moindre ambiguïté : il vend de la vinaigrette italienne. C'est pour la bonne cause, nous dit-on. Ceux qui n'aiment pas la vinaigrette ne perdent rien à revoir ses films.

Bon, vous m'excuserez, je dois aller récupérer les télécommandes que j'ai enterrées au fond du jardin la semaine dernière.

20 juillet 2006

Chronique Kamikaze

Troisième et dernière chronique en provenance de Saint-Armand. Le temps file à une vitesse folle : aussitôt ce texte ficelé, je file peigner le gazon, débonder le pluviomètre, astiquer les tomates — activités obscures et quotidiennes du rat des champs.

Au fond, je ne vous ai pas vraiment raconté mon séjour à la campagne. Je me suis surtout intéressé aux nombreuses télécommandes de la maison (six, au dernier recensement). À peine si j'ai glissé quelques mots sur les colibris et les cigales — identiques, il faut dire, à ceux que l'on observe dans ma ruelle montréalaise. Pour la couleur locale, on repassera.

J'aurais pu vous parler de mes voisins, tiens, qui habitent juste au bout du chemin. À la lisière de leur terrain, deux pancartes vous souhaitent la bienvenue : *Attention au chien* et *Beware of the Dog*. Pour faire bonne mesure, une troisième pancarte insiste : *Nos chiens peuvent atteindre la clôture en 10 secondes — et vous ?*

Les voisins ne possèdent plus de chiens depuis quelques années. Pourquoi s'embarrasser d'une paire de rottweilers lorsque les pancartes suffisent à la tâche ? En revanche, ils ont une caméra de surveillance. Je vais finir par me méfier de la campagne.

Mais ne vous fiez pas à cette abrupte entrée en matière : mes voisins sont des gens charmants. Ils m'ont rendu visite, dès le premier soir, en revenant de leur promenade. Ils tenaient à s'assurer que je ne manquais de rien.

Monsieur est courtaud, musculeux et retraité. Il travaillait jadis dans les ateliers de la NASA et se consacre désormais à une roseraie vaste comme trois pâtés de maisons. Madame son épouse, une Norvégienne hilare et anglophone, le surplombe d'une bonne tête.

Avec ces quelques bribes d'informations, on pourrait vous tricoter tout un roman.

Récit surréaliste : des dogues imaginaires rôdent dans une roseraie. Dans la maison vit une Scandinave démesurée, qui n'a pas mis les pieds dehors depuis 1981. La caméra constitue son unique contact avec le monde extérieur. Dans le hangar, son époux tente de recréer un lanceur Saturne 4 à partir d'objets glanés dans les poubelles du voisinage. L'histoire se termine sur un décollage spectaculaire.

Analyse sociale : on suit la vie quotidienne d'un couple charmant. Ils reçoivent leurs amis dans la roseraie, avec du thé et des scones. Ils font du bénévolat, surveillent leur taux de cholestérol, lisent le *Sélection du Reader's Digest*. Le dimanche après-midi, ils se bercent sur la véranda, la carabine posée sur les genoux, et ils attendent les touristes montréalais de pied ferme.

Thriller historique : nous sommes en pleine guerre froide, un mécanicien de la NASA rencontre une hôtesse de l'air originaire d'Oslo. Rebondissements divers sur fond d'actualité internationale. Ils se cachent finalement dans une roseraie avec abri atomique intégré, à une distance suspecte de la frontière américaine.

Vous voyez le bateau que j'aurais pu vous monter à partir de trois fois rien ?

Mais l'extrapolation, si divertissante soit-elle, comporte des dangers. Malheur à vous si le récit tombe sous les yeux de ceux qui l'ont inspiré ! Un portrait un peu rugueux de la faune locale pourra se retourner contre vous, surtout si la faune s'appelle Bob et qu'elle travaille comme videur au bar-salon truck stop Le 135.

Remarquez qu'un portrait dithyrambique n'y changerait rien : Bob pourrait croire que « dithyrambique » est une insulte sophistiquée.

Dans tous les cas, vous écrivez à vos risques et périls.

On devient prudent, avec les années. On comprend que l'écriture est un pétard : il vaut mieux se trouver à bonne distance du point d'impact au moment de la détonation. Le jouet n'explose pas toujours, mais croyez-moi : vous ne tenez pas à jouer les kamikazes.

Bref, je me réfugie à Montréal dès demain matin. Pour les représailles, prière de vous adresser à la rédaction.

27 juillet 2006

Un catalogue dont vous êtes le héros

Voici le catalogue IKEA 2007, dans son écrin de plastique somptueux.

Depuis la semaine dernière, tout le monde syntonise la fréquence scandinave. On devine, dans l'intimité de chaque foyer, le bruissement du papier glacé. Les classes sociales, raciales et politiques s'effacent : tout le monde lit le catalogue IKEA, y compris le vieil Italien qui se berce sur le balcon d'en face, l'air perplexe devant ces sofas en forme de méduse.

Tandis que ma sociologue préférée se verrouille à double tour dans la salle d'eau avec notre copie, je me rappelle une nouvelle entendue à la radio plus tôt cet été : le catalogue IKEA serait plus répandu que la Bible.

D'où vient donc cette étonnante information ?

Le temps d'une petite recherche sur Google, je retrace le verset litigieux sur le site d'IKEA. Laissez-moi vous traduire ça : « On trouvait 110 millions de catalogues en circulation l'an dernier, trois fois plus (sic) que la Bible avec ses 13 millions de copies en Grande-Bretagne. » C'est Gutenberg qui doit faire des vrilles dans sa tombe.

Cette histoire rappelle la scandaleuse entrevue où John Lennon avait affirmé que les Beatles étaient désormais plus populaires que le petit Jésus. Rappelez-vous le tollé, les séances de brûlage de 33 tours, les excuses que John avait dû présenter afin de ne pas compromettre la tournée américaine.

Mesurez un peu le chemin que nous avons parcouru : de nos jours, une grosse chaîne d'ameublement peut se livrer à des comparaisons similaires sans provoquer le moindre esclandre.

John Lennon annonçait la perte de vitesse du christianisme. IKEA enfonce le clou.

*
* *

Cela dit, peut-on vraiment comparer un catalogue d'ameublement avec un recueil de contes traditionnels hébraïques ?

Oui, on peut.

Non seulement le catalogue est-il un genre littéraire comme un autre, mais il remplit de surcroît les mêmes fonctions que la Bible : raconter des histoires, fournir une image ordonnée du monde.

Il s'agit évidemment d'une image primitive, anticopernicienne, où le cosmos pivote autour du Consommateur. Le catalogue se conjugue à la deuxième personne du pluriel : vous êtes en scène dans cet Éden immobilier, parmi ces sofas en cuir de banane, ces comptoirs simili-hareng et ces boîtes à radis. Vous habitez cet appartement. Ce pouf à motifs est le vôtre. (Vous avez de drôles de goûts.)

Un catalogue dont vous êtes le héros, ni plus ni moins.

L'ouvrage est aussi énumératif que la Bible. Retirez les photos du catalogue, il reste une kyrielle de caractéristiques, de tailles, de couleurs et de noms de produits en suédois. Tout cela ressemble dangereusement aux listes généalogiques du Deutéronome — sauf qu'ici, ce n'est pas la famille que l'on dissèque. Dans la galaxie IKEA, l'individu se résume à la dimension domestique. Le répertoire des accessoires de cuisine tient lieu de généalogie — et tant pis pour les aïeux.

D'ailleurs, contrairement à la Bible, le prestigieux organe publicitaire évacue totalement les vieux. Dehors les Mathusalem, Salomon, Moïse et autres patriarches polycentenaires : les décors ikéens sont le plus souvent peuplés d'enfants âgés de 2 à 10 ans. La revanche de Peter Pan sur la Bible.

Bon, trêve de plaisanteries, je termine sur une édifiante parenthèse archéologique. Saviez-vous que c'est dans la Genèse, chapitre 6, verset 14, que l'on mentionne pour la toute première fois un meuble à monter soi-même ? Mais oui.

Yahvé qui dicte les plans et dimensions de l'Arche, ça ne vous rappelle rien ?

Je l'imagine bien, le vieux Noé, aux prises avec le guide de montage, la damnée clé hexagonale coincée entre les dents, pendant que sa femme regarde tomber les premières gouttes de pluie avec inquiétude. Ça me rassure sur notre avenir, tiens.

10 août 2006

De la barbe à papa pour l'âme

Quels sentiments la rentrée littéraire vous inspire-t-elle ? Appartenez-vous à cette race de monde qui attend, chaque automne, l'Œuvre susceptible de renouveler la littérature occidentale ? Espérez-vous le Grand Roman Américain, le petit scandale, le *golden boy* de service ?

Pour les journalistes culturels, la rentrée se manifeste avant tout par une déferlante de communiqués de presse.

Ces documents affluent au cours de l'été, d'abord par enveloppe ou par courriel, puis, au fur et à mesure qu'approche la rentrée, par camion, wagon et autres citernes. On les déverse dans des trappes immenses, pareilles en tout point à ces glissoires qui menaient jadis le charbon à la chambre des machines, mais qui aboutissent désormais au bureau du chef de pupitre.

Là, une armée de journalistes trie et triture cette masse d'information avec des ferveurs suspectes. Tout le monde espère mettre la patte sur le prochain chef-d'œuvre. On étudie les communiqués dans leurs moindres détails. On corrobore les potins, on lit entre les lignes, on compare, on quantifie.

Le communiqué de presse est un genre littéraire fascinant. Il présente les mêmes difficultés qu'un sonnet en alexandrins. Impitoyablement bref et strictement codifié, sa rédaction tient du paradoxe : on doit y instiller une impression de nouveauté sans déroger à la grammaire familière.

Or, cette grammaire est d'une austérité désarmante. Le rédacteur doit choisir parmi un petit nombre d'éléments classiques tels que le résumé, la biographie de l'auteur, l'intérêt du livre dans le contexte actuel, les détails matériels. Règle générale, la litanie se clôt sur le *houmph*.

Le *houmph*, c'est la phrase où l'éditeur qualifie le livre.

Véritable hallali, il doit synthétiser l'âme du bouquin, sa raison d'être, son souffle vital — et tout ça doit tenir en une seule phrase, aussi séduisante que possible. (Le *houmph* en deux phrases est à déconseiller : il émousse l'enthousiasme.)

Accomplir ce tour de force est autrement plus difficile que d'allumer un feu de camp, aussi la plupart des éditeurs se munissent-ils de gazoline émotive : l'adjectif.

Voulez-vous lire une histoire surprenante, bouleversante, émouvante, explosive (voire cataclysmique), hilarante, humaine, inspirante, palpitante, percutante, cauchemardesque, terrifiante ou picaresque ? Le communiqué de presse tire les choses au clair.

L'exercice ne se limite pas toujours au récit : il importe aussi de décrire l'écrivain. L'animal est-il attachant, brillant, cynique, énigmatique, fondamental, inouï, inspirant, intelligent, intrigant, jubilatoire, lucide, majeur, inconnu, obstiné, remarquable ou sensible ? Sa plume est-elle acerbe, décapante, sobre, vive, incisive, viscérale, efficace, intelligente, jubilatoire, lumineuse, maîtrisée ou tout bonnement vertigineuse ?

Quant au livre, il est toujours luxueux, superbe et écologique.

Parfois, l'éditeur hésite. Il sait que l'ensemble de son catalogue ne passera pas à l'histoire. On le surprend alors à nuancer le superlatif. Je suis tombé sur cet exemple magnifique : la description d'un livre dont le personnage était « plutôt surprenant ». Rien de plus émouvant que ce *plutôt* où perce le doute, voire le scrupule. Ça sent l'humanité.

Ce genre d'écart demeure assez rare. D'habitude, on met toute la sauce, on multiplie les épithètes — et, forcément, cela occasionne quelques doublets. Jetons un coup d'œil au palmarès des adjectifs les plus populaires.

En troisième position, nous trouvons les « captivant », « fascinant », « stupéfiant » et autres termes tout droit sortis d'un manuel d'hypnose. De grands classiques.

La seconde place revient aux « original », « exceptionnel », « singulier » et « imprévisible ». Nous le soupçonnions depuis longtemps, en voici enfin la confirmation : rien n'est plus commun que la rareté.

La palme d'or de l'abus revient à l'adjectif « incontournable », inspiré par ces forains qui vous invitent, pour cinq malheureuses piastres, à remporter un somptueux Harry Potter en peluche.

Décernons une mention honorable à l'adjectif « inattendu », qui m'est tombé sous les yeux à quelques reprises. Si vous attendiez la rentrée de pied ferme, vous êtes autorisé à vous sentir insulté.

En tant qu'écrivain, j'ai appris à me méfier des adjectifs. De la barbe à papa pour l'âme, voilà ce qu'ils sont — et cela nous ramène aux leçons fondamentales : lorsqu'un inconnu baisse le hublot de son gros Plymouth pour vous offrir une friandise, soyez circonspect.

31 août 2006

Le cigare volant

Je m'étais promis de saisir la première occasion pour vous disséquer un écrivain, de la reliure jusqu'à la moelle. La rentrée culturelle se prête généralement à l'exercice.

Chaque mois de septembre, on aligne les écrivains supersoniques sur le pont du porte-avions. Puis, un par un, on les catapulte dans la stratosphère culturelle. Le bombardement se calme, reprend à la fin novembre, et s'éteint avec les premiers flocons. Les manœuvres reprennent en janvier, à plus petite échelle.

Je me jurais — pour votre plus grand bénéfice — d'attraper au vol un de ces écrivains supersoniques et de le réduire à ses plus simples molécules promotionnelles.

Seulement voilà, la rentrée roule plutôt lentement.

Pas de Harry Potter ou de houellebecquemanie à l'horizon. Hormis VLB et l'habituel Nothomb, le ciel est calme. Pas trop de boucane en perspective.

Qui s'en plaindra ? Ce calme relatif (croisez les doigts) nous laisse le temps de penser à autre chose.

La quête du scoop lasse vite. Dans le tumulte du neuf et du clinquant, le désir me prend de relire mes classiques. Le moindre prétexte suffit pour retourner fouiller les étagères peu accessibles de ma bibliothèque.

Tenez, ma sociologue préférée s'est procuré un lot de casse-tête à l'Armée du Salut. Depuis, notre maison est un vaste chantier : pièce par pièce, nous reconstituons la plage de Saint-Tropez, les châteaux de la Forêt-Noire, les gravures de Maurits Cornelis Escher. Nous retrouvons des bouts de puzzle jusque dans nos draps.

Forcément, à force de trier des paysages en divers petits tas, je repense à Georges Perec. J'ai furieusement envie de me faire couler un bain brûlant et de relire *La Vie mode d'emploi*. Trois jours de réclusion dans la baignoire. Plaisirs de la lecture hydroponique.

En septembre, Perec me manque. J'aimerais le voir réapparaître au détour d'un cahier littéraire, cigare volant égaré parmi les 747. Rien ne serait plus invraisemblable : voilà 24 ans que notre homme se livre à une minutieuse décomposition au Père-Lachaise. De toute manière, un Perec subitement ressuscité serait incompatible avec les pratiques publicitaires modernes. En cette époque où l'imprévisibilité n'est autorisée que dans les limites du raisonnable, on lui reprocherait d'apparaître — une fois de plus — là où on ne l'attendait pas.

Obsédé par le classement, Perec s'appliquait à devenir inclassable. Comment voulez-vous faire la promotion d'un auteur polycéphale, capable de vous pondre un roman d'aventure, un opuscule drolatico-expérimental, un ouvrage sans la lettre

« e », un inventaire des événements anodins se produisant sur une place banale de Paris par un avant-midi comme les autres, ou un répertoire de 480 souvenirs enfilés sur le mode télégraphique ?

Le cauchemar d'un attaché de presse.

Comme si ça ne suffisait pas, Perec cultivait une silhouette de bolet : tignasse hypertrophiée et barbichette à géométrie variable. Or, chacun sait que le bolet n'a pas bonne presse. Il évoque le raid sur Hiroshima, les Schtroumpfs et l'intoxication alimentaire du dimanche soir.

Ne parlons même pas du chat noir perché sur son épaule.

Au moment d'écrire ces lignes, alors que ma sociologue termine le bastion nord du château Neuschwanstein (1000 pièces), je lutte contre l'envie de relire *La Vie mode d'emploi*. Puissant attrait de l'inutile.

Malheureusement, j'ai perdu ma copie et les bibliothèques publiques sont fermées le lundi. Je bricole donc une chronique sur Georges Perec au lieu de relire Georges Perec.

Ce paradoxe n'éclaire-t-il pas toute la rentrée littéraire ? Chaque septembre nous ramène un déluge de nouveautés. Il se publie, affirme l'essayiste Gabriel Zaid, un livre aux 30 secondes dans le monde. Les critiques annoncent 663 romans rien que pour la saison automnale française. Une cinquantaine de bouquins s'entassent sur ma tablette « à lire » (sur la vôtre aussi, sans doute) — et je dois encore descendre aux bureaux du *Voir* en chercher d'autres.

Forcément, on rêve de débrancher la radio. De se plonger dans le calme aquatique d'une baignoire. Et de lire un livre dont personne ne parle.

14 septembre 2006

L'univers au compte-gouttes

J'ai entrepris, il y a cinq semaines, une petite expérience narrative : je raconte l'Histoire de l'univers à ma fille. À temps perdu.

D'aucuns, scandalisés, affirmeront qu'il est quand même un peu tôt pour l'entraîner dans pareille aventure. À l'âge de deux jours, dira-t-on, un enfant a davantage besoin de colostrum que de péripéties cosmogoniques.

Et puis quoi encore ? Un plaisir devrait en chasser un autre ? Ma fille saura très vite que les histoires se classent parmi les grandes nécessités de la vie, au même titre que le pain et la bière (ou, en l'occurrence, le lait).

L'Histoire de l'univers, donc. Et puisque rien n'est jamais simple avec moi, il s'agira d'une histoire complète — pas simplement de quelque absurde condensé débutant avec l'invention de l'épluche-patate ou la domestication du cochon d'Inde. Mon Histoire Universelle sera exhaustive. Elle englobera l'intégrale totalité du Grand Ensemble, depuis le Big Bang jusqu'à Rona Ambrose (car tout n'est pas jojo dans ce monde).

Cinq semaines, donc, que j'ai entamé la colossale entreprise de détailler 14 milliards d'années au compte-gouttes. Chaque nuit, en berçant ma fille qui refuse de dormir, j'aborde un nouvel épisode. Faudra y aller rondement, si je veux terminer avant qu'elle ne quitte la maison.

Comme il se doit, nous avons commencé par une brève réflexion sur le vide. Puis, nous avons discuté de l'énergie qui se transforme en matière et en mouvement, phénomène que tonton Albert a exprimé dans son élégant $E = MC^2$. Ce passage nous a procuré 10 ou 15 minutes de bon temps.

Malheureusement, les choses se sont gâtées presque aussitôt — car après un démarrage sur les chapeaux de roues, tenez-vous bien, l'univers se met soudain à ralentir. Et il ralentit si bien, le coquin, qu'il faut attendre une dizaine de milliards d'années avant de voir poindre notre planète dans le paysage.

Sacré défi narratif ! Comment exprimer pareille ellipse ? Comment synthétiser ce vaste refroidissement, cette condensation sans objet où de vastes nuages de gaz dérivent vers un horizon mystérieux ?

Je le confesse, j'ai escamoté quelques chapitres.

Pour tout dire, j'ai précipité un peu l'apparition de la Terre — ce qui ne nous tirait pas d'affaire pour autant : une fois notre caillou en orbite autour d'un Soleil flambant neuf, il restait encore à traverser une interminable activité volcanique (rien n'est plus monotone qu'un volcan) suivie d'un dimanche après-midi pluvieux d'une durée approximative de 33 millions d'années.

Lorsque nous en eûmes terminé avec la pluie, je repris espoir : la vie émergeait dans le Bovril originel. Enfin des protagonistes à l'horizon ! Ma fille est patiente, mais je sentais qu'il faudrait bientôt donner un peu de densité humaine au récit. Hélas, nous en avions pour un sacré bail à observer des enzymes, de la purée d'ADN et des amibes défectueuses.

Encore quelques chapitres dans le malaxeur.

Après cinq semaines de ce programme, je commence à ressentir (je l'avoue) un début de lassitude. Mon récit est embourbé à l'aube du précambrien, alors que trois protozoaires se disputent une savoureuse particule aquatique.

Lorsque j'évalue tout ce qui reste à couvrir avant l'apparition du premier dinosaure — des millions et des millions d'années peuplées d'animalcules, de microbes, de bivalves et de fougères —, je comprends ce qui fait tant courir les créationnistes. Je vous en pondrai, moi, des *Bible* et des *Popol Vuh*. La recette est simple : il suffit d'ajouter à la pâte une immense bête surnaturelle dont l'unique dessein sera de créer les humains.

On ajoute, en somme, des personnages et une quête à ce qui demeurerait autrement un immense bottin téléphonique.

Première leçon de vie : nous préférons une fable surréaliste à un récit correctement proportionné. Nous craignons surtout d'apercevoir l'humanité à l'échelle — bref clin d'œil au milieu d'un vaste espace dominé par les organismes unicellulaires et les particules élémentaires.

La bonne science fait de la mauvaise littérature.

23 novembre 2006

Quelques pieds carrés de stuco

Si vous vous souvenez bien, j'ai tenté en juillet dernier de me retirer dans le fin fond de l'Estrie pour y abattre un maximum de boulot. J'avais de l'ambition : trois romans, un recueil de nouvelles, un scénario de film, une poignée de chroniques pour le *Voir* et quelques haïkus pour l'hygiène.

En bout de ligne, je n'ai rien foutu. Trois semaines à pelleter du compost et compter les tortues. Je me suis bien amusé — mais pour l'efficacité, on repassera.

Or voilà que je récidive. (Vous êtes autorisé à vous taper sur les cuisses.) Différence capitale, toutefois, je ne monte pas m'encabaner à Lebel-sur-Quévillon : je reste en ville. Pour être exact, je m'exile à un coin de rue de chez moi.

Depuis des années, j'envie ces écrivains qui se louent un bureau. Chaque matin ils partent travailler comme les ouvriers d'une invisible usine, écrivent toute la journée loin des distractions domestiques et reviennent le soir en laissant les obsédants chapitres derrière soi. Ça ne guérit pas l'insomnie, mais ça limite les dégâts.

Un bureau : cela sent le succès, la productivité. On chuchote parfois les noms vénérables de ceux qui peuvent se le permettre. Yves Beauchemin avoue en entrevue ne jamais travailler chez lui. Paul Auster, dit-on, pointe tous les matins. Ferron écrivait dans son cabinet de consultation.

Certes, rien ne vaut un grenier. On barre la porte et le tour est joué : on travaille en circuit fermé, deux étages au-dessus de la cohue, aussi longtemps que la cafetière marche.

Malheureusement, le grenier montréalais est diablement surévalué par les temps qui courent. Problème de base : il arrive généralement accompagné d'une série d'étages inférieurs coûteux. La spéculation immobilière n'épargne pas les romanciers généralistes.

Le bureau exerce donc une puissante fascination sur l'esprit de l'écrivain sans grenier — mais encore faut-il avoir les moyens de s'embarrasser d'un second bail. Pour ceux qui en douteraient, mon budget ne permet pas encore de louer 90 pieds carrés d'île déserte à 150 $/mois, rien d'inclus. Rien ne sert de se prendre pour Paul Auster.

Résultat : je reste chez nous. Beau temps, mauvais temps, je travaille dans la chambre de lavage, entre l'aspirateur et l'étagère à outils. L'ordre des chapitres suit les cycles de la laveuse.

Mais, coup de théâtre, tout va changer ! Une amie m'a en effet offert d'occuper un coin de son bureau durant le jour, un peu à la manière de ces gnomes domestiques qui colonisent les calorifères. J'ai aussitôt déménagé mon ordinateur, ma chaise orange informe et ma théière. L'endroit est idéal. Aucune distraction, pas même une banale fenêtre :

je tape ces lignes en face d'un mur de stucco aux couleurs incertaines.

Voyez comme il est simple de faire le bonheur d'un romancier généraliste ? Quelques pieds carrés de stucco, et le voilà qui bosse comme un damné.

*
* *

Cela m'inspire une idée, tiens.

L'automne dernier on décernait à l'économiste bengali Muhammad Yunus le Prix Nobel de la Paix pour avoir inventé le microcrédit. Sa banque Grameen, fondée à la fin des années 70, consent à de minuscules entrepreneurs de tout petits prêts sans intérêt. Au Bengladesh, ces quelques dollars font souvent une différence énorme lorsqu'il s'agit de fonder un commerce.

Nous pourrions appliquer le principe au financement de la culture.

Lorsqu'on parle de mécène, on pense instantanément à ces nobles de la Renaissance qui embauchaient un peintre officiel ou se payaient un poète en résidence. Vision pittoresque, certes, mais totalement stérile. Ce mécénat poussiéreux ne convient plus à une époque où dominent la classe moyenne et le livre de poche.

L'idée est simple : organisons le micromécénat ! Aucune ressource alternative ne doit être négligée. Vous avez un chalet à prêter, un coin de bureau, quelques crédits d'épicerie ? Faites-en profiter un artiste !

Exercice de la semaine : sortez dans la rue, repé - rez un écrivain et payez-lui une bière. Il faut bien commencer quelque part.

25 janvier 2007

L'invisible vis-à-vis

Mon beau-frère lit en marchant. Il est, ce phénomène, capable de se taper des romans entiers sur le chemin du boulot. La nature l'a sans doute doué de gyroscopie, d'écholocation ou d'allez savoir quelle autre faculté permettant de se déplacer sur le pilote automatique.

Il existe des tas de lecteurs extraordinaires — plus dignes d'intérêt que la plupart des écrivains, en fait.

Qui veut savoir si le romancier généraliste rédige son bouquin selon un plan rigoureux, d'un seul jet fiévreux, ou bien à partir du dernier chapitre ? Cela nous en apprendrait-il davantage sur le sens de son œuvre ? Pas vraiment. Seul le résultat nous intéresse. Tout le reste tient de la plomberie — et qui veut entendre parler de la plomberie, hormis les collègues ?

Comme le disait Deng Xiaoping, peu importe qu'un chat soit noir ou blanc, s'il écrit des romans c'est un bon chat.

Le lecteur, au contraire, tient tout entier dans sa pratique. Il n'est pas condamné à écrire ses propres livres, comme l'écrivain. Le lecteur ne produit rien ;

on doit, pour l'étudier, s'attarder à la façon dont il se déplace dans l'infinie bibliothèque ambiante. Vitesse de lecture, choix des œuvres, stratégies pour garder le cap — rien n'est gratuit.

Mon beau-frère, disais-je donc, lit en marchant. Sa sociologue de sœur aussi (la lecture est une maladie familiale, chez eux).

Lire et marcher, tandem en apparence insignifiant — mais lorsqu'au bout de 75 ans de pratique bibliobulatoire un lecteur additionnera les pages lues à l'air libre, cela totalisera peut-être tout Victor Hugo, les 27 volumes des *Hommes de bonne volonté* et un gros tiers de l'œuvre de Simenon.

À ce propos d'ailleurs, mon beau-frère ne lit rarement que le gros tiers d'une œuvre. Il a cette manie d'épuiser tout ce qu'aura publié un auteur, prolifique de préférence. Boris Vian, Jacques Ferron et Michel Tournier ont goûté à sa médecine. Il note la moindre de ses lectures (et de ses relectures) dans de petits calepins qu'il accumule depuis l'âge de 17 ans.

L'exhaustivité semble ici toucher à la pathologie — mais la lecture est comme le sexe : il est périlleux d'établir une normalité. En confinant le lecteur aux pratiques correctes ou canoniques, on tue tout l'intérêt de la chose.

Daniel Pennac aborde la question avec *Comme un roman*, mais il faut aller plus loin. Je me prends à rêver d'une sorte de *Rapport Kinsey* qui témoignerait de l'incroyable variété des lecteurs et des lectures.

On lèverait enfin le voile sur cet individu qui commence le livre par la fin. Celui qui n'arrive à lire que dans des espaces restreints. Celui qui répugne à conserver des livres chez soi ou qui, au contraire, ne parvient à se départir d'aucun ouvrage, bon ou mauvais. Celui qui ne lit que des livres mentionnés dans d'autres livres. Celui qui lit toutes les versions disponibles d'un roman. Celui qui lit un livre au complet dans la librairie, à raison d'une page par jour, sans jamais se résoudre à l'acheter.

On pourrait inclure dans cet ouvrage une anthologie des lecteurs fictifs qui apparaissent, çà et là, sous la plume des écrivains.

On pense à la faune des lecteurs que décrit Italo Calvino dans son incroyable *Si par une nuit d'hiver un voyageur*. Ou encore aux lectrices de Jacques Poulin — la Grande Sauterelle, en particulier, qui semble incapable de mettre le nez dans un livre qui n'aurait pas été volé dans une bibliothèque publique. Ou encore à Nagasawa, ce personnage de Haruki Murakami qui refuse avec véhémence de lire des auteurs vivants.

Obsédante obsession de l'écrivain pour le lecteur. Comment ne pas être captivé par ce partenaire aussi indispensable que mystérieux, cet invisible vis-à-vis sans qui le livre resterait lettre morte ? Comment résister à la tentation d'en faire un personnage ? D'ailleurs, les écrivains n'y résistent pas : le lecteur apparaît si souvent dans leurs œuvres que l'on pourrait y voir, en fin de compte, un simple segment de la plomberie littéraire.

Le lecteur, pourtant, existe. Il avance, il défriche, il mène sa vie. Mieux encore : il survit le plus souvent à ses auteurs. Des années après on le rencontre qui marche encore, à des kilomètres de là, un bouquin à la main.

22 mars 2007

Écrivain avec un grand V

J'éprouve fréquemment la tentation de prendre ma retraite. De n'être plus romancier généraliste. Je pourrais enfin écrire des haïkus à géométrie variable, des micro-récits de 9 mots, voire simplement des assemblages de titres et de sous-titres autosuffisants qui jamais ne précéderaient la moindre histoire. N'importe quoi, en somme, pourvu que ça soit bref.

Sans doute y a-t-il un peu de paresse là-dessous — mais j'y vois plus volontiers un appel des grands espaces.

Je suis en effet incapable de penser en ligne droite. J'écris de manière fractale, fracturée, et il me faut régulièrement cracher trois ou quatre pages pour n'en conserver qu'une seule. Dès que je me lance dans un projet le moindrement long, le texte devient vite dédale. Trop de possibilités à gérer. En l'espace de quelques semaines, je ne sais plus s'il faut entamer une version 3.0.5, poursuivre la version 2.0.3 ou tout simplement recommencer à partir de la version 1.1 b.

Le roman comme labyrinthe, voilà bien une notion borgésienne. Reste à savoir si le romancier généraliste veut vraiment s'en sortir. Le roman, après tout, est le genre obsessionnel par excellence — et rien n'est plus rotatif que l'obsession. À partir de quand le labyrinthe tourne-t-il en circuit fermé ? Comment s'en échapper (si possible indemne) ?

En d'autres mots : existe-t-il une vie après le roman ?

Je pense souvent à la définition que Raymond Queneau donnait de l'écrivain oulipien : un rat qui construit lui-même le labyrinthe dont il se propose de sortir. Vu sous cet angle, le texte prend l'allure d'une rassurante équation. Il comporte une solution, une porte de sortie.

Mais cette approche est-elle vraiment adaptée au roman ? Les œuvres à contraintes de grande envergure, telles *La Disparition* ou *La Vie : mode d'emploi*, demeurent exceptionnelles. Règle générale, les dentelles oulipiennes sont aussi brèves que denses — le labyrinthe tient ici du circuit imprimé.

La question demeure : quelle solution doit-on apporter au problème romanesque ?

Peut-être faut-il simplement se débarrasser du paradigme du labyrinthe, aborder la question sous un angle plus large. Le roman à ciel ouvert.

Je rêve souvent de vitesse. Celle avec un grand V, et non simplement la petite précipitation qui précède l'heure de tombée. Pour décrire correctement pareille allure, il faut recourir à l'astronautique et parler de « vitesse de libération » — la vélocité minimale nécessaire pour quitter l'attraction gravitationnelle d'un roman.

Voilà bien ce dont il est question : écrire à toute vapeur afin, littéralement, de se faire mordre la poussière.

Écrire comme Tokutomi Soho, par exemple, auteur d'une histoire du Japon en 100 volumes. Écrire comme Georges Simenon. Ou bien comme le poulpiste Erle Stanley Gardner, qui pouvait prétendument travailler sur 7 bouquins à la fois. Ou encore comme Barbara Cartland (pas moins de 657 romans à l'eau de rose, mes amis !)

Écrire comme José Carlos Ryoki de Alpoim Inou, mieux connu sous le nom de Ryoki Inoue, écrivain brésilien et — selon son site Web — « *escritor mais prolífico do mundo* ». Cet ancien chirurgien a publié 999 titres entre 1986 et 1992. Lassé du roman de poche, il a ensuite ralenti sa cadence pour se consacrer à des romans plus travaillés.

Au moment où j'écris ces lignes (nous sommes le lundi de Pâques), sa bibliographie compte 1 075 titres. Je ne garantis pas que le chiffre sera encore exact au moment où vous lirez cette chronique.

Pardon ? Les romans de Ryoki Inoue valent-ils la peine d'être lus ? Aucune idée. Paraît qu'il a écrit plusieurs romans de faroueste. Des histoires de cow-boys brésiliens, ça ne vous intrigue pas ?

De toute manière, je n'ai pas vraiment envie de m'engouffrer dans cette œuvre sans fond. Ce qui m'intéresse, c'est la vitesse en tant que telle. S'agit-il — au-delà des aptitudes personnelles — d'un phénomène, d'un don ou d'une méthode ? L'écrivain prolifique est-il condamné à la vélocité ?

La vitesse, en somme, est-elle un outil ?

12 avril 2007

10 millions de chimpanzés

Nous parlions, la semaine dernière, de l'écart grandissant entre le nombre de livres publiés et le nombre de livres lus. Ce phénomène influence non seulement nos pratiques, mais aussi notre rapport au temps, à la mémoire et à l'histoire.

De nos jours, la vie commerciale d'un roman typique oscille entre zéro et trois mois : il s'agit du temps passé en vitrine, sur les présentoirs ou dans les médias. Passé ce délai, le bouquin est classé dans les rayons, voire renvoyé à l'entrepôt du distributeur. Les chances qu'il tombe entre les mains du lecteur se trouvent alors réduites à presque rien.

Certains livres s'en tirent mieux, certes, mais la presque totalité demeurent en sursis. Pensez à tous ces ouvrages qui semblaient incontournables en 1987 et qui, aujourd'hui, ne font plus guère parler d'eux.

Amusante coïncidence, il s'agit souvent d'œuvres que ma génération a lu au cégep. Les premiers titres qui me jaillissent à l'esprit sont des essai anglo-saxons — *Small is beautiful*, *Le choc du futur*, *Écotopie*, *Libres enfants de Summerhill* —, mais je pourrais, et vous aussi d'ailleurs, sans fouiller trop longtemps, avancer de nombreux titres littéraires d'ici ou d'ailleurs. Vous m'excuserez de n'en nommer aucun : tous ces auteurs ne sont pas morts, et je ne tiens pas à me faire plus d'ennemis que nécessaire.

D'ailleurs, si vous voulez absolument des noms, allez consulter la liste des lauréats de n'importe quel prix littéraire, par exemple le Prix du cercle du livre de France, jadis notoire, décerné de 1950 à 1985 (ce qui n'est pas rien) et tombé maintenant dans l'oubli le plus profond.

J'ai été passablement troublé d'entendre une Parisienne m'annoncer, en février dernier, que Michel Tournier était *out*. Elle n'a pas cherché à m'en dévoiler le pourquoi ni le comment. Sans doute se bornait-elle à exprimer un simple constat factuel : les livres vont et viennent, disparaissent tôt ou tard dans le rétroviseur. C'est comme ça.

Notez bien que le phénomène n'est ni absolu, ni linéaire. *Moby Dick* par exemple, publié en 1851, est tombé dans l'oubli presque immédiatement pour n'être redécouvert qu'un demi-siècle plus tard.

Les classiques sont toutefois rares (et ils sont sans doute bien plus célèbres que lus). Dans l'écrasante majorité des cas, les livres ne vivent pas même une saison. Le phénomène est sans doute aussi naturel que la pluie, le vent ou les épidémies annuelles d'influenza.

Or, voici bien le mystère : si la situation tient moins à notre libre arbitre qu'à des algorithmes météorologiques, alors pourquoi persistons-nous à nous justifier ? Pourquoi nous entêtons-nous à brandir des catégories faussement rationnelles comme « livre dépassé », « bouquin ayant mal vieilli » ou « texte daté » ?

Peut-être avons-nous simplement peur de reconnaître que nos lectures obéissent essentiellement à des effets de mode ? Que la nouveauté qui nous transporte d'enthousiasme en 2007 ne vaut guère mieux, dans l'absolu, que la nouveauté de 1973 ou celle de 1952 ?

Poussière tu étais, poussière tu redeviendras.

Cette histoire me rappelle « *La bibliothèque de Babel* », un texte où l'intemporel (!) Jorge Luis Borges décrit un monde entièrement constitué de millions de salles hexagonales, tapissées de livres. Tous ces livres contiennent le même nombre de pages sur lesquelles sont imprimées aléatoirement les 26 lettres de l'alphabet. Cette bibliothèque infinie contient tous les textes possibles, depuis l'*Épopée de Gilgamesh* jusqu'au prochain roman de Dan Brown — mais on y retrouve essentiellement du bruit, des bribes de mots insensés et incompréhensibles.

Il s'agit, autrement dit, des livres qu'auraient rédigés 10 millions de chimpanzés en piochant sur 10 millions de dactylos pendant 10 millions d'années.

Cette allégorie est plus proche de la réalité qu'on le soupçonne.

Allez dans une grosse bouquinerie un peu bordélique, le Colisée du livre par exemple, et ouvrez un roman quelconque paru en 1951. Vous comprendrez les lettres, les mots, la syntaxe — mais il y a fort à parier que le propos ne vous touchera pas. Le sens aura déjà commencé à s'effriter. Qu'on le veuille ou non, les livres s'inscrivent dans le siècle, et il est inévitable que, d'époque en époque, la plupart d'entre eux perdent leur sens et leur signification.

Dans 10 000 ans, seuls les archéologues parviendront à comprendre le dernier roman de Janette Bertrand.

31 mai 2007

Le meuble

L'attrait principal du 1er juillet, c'est la prolifération subite de carcasses dans les rues de la Métropole. Des meubles plus ou moins estropiés, des lampes torchères en pièces détachées, des laminés hideux, tout ça déposé en spectaculaires monceaux qui perdent leurs contours à la première pluie battante.

« Partout où se pose l'œil », comme disait Howard Carter en examinant la tombe de Toutankhamon par le judas, « il ne rencontre que des merveilles ! »

Et ça dure, mes amis ! Voilà une semaine que les baux ont expiré et les rebuts s'empilent toujours à l'embouchure des ruelles.

Pas plus tard qu'hier soir, ma sociologue préférée et moi tombons sur un bureau à en baver. Le modèle paquebot, avec toutes sortes de petits et de gros tiroirs, des rallonges étonnantes, des serrures, des séparateurs. Robuste, massif, en pur bois. Dans les 80 kilos au bas mot. Le genre de meuble qu'on peut vigoureusement frapper du poing : il ne bronchera pas.

Le bureau, en somme, dont rêve tout romancier généraliste normalement constitué.

Je le vois déjà, ce monstre de meuble, dans la buanderie exiguë où je travaille — ce qui, à bien y penser, demande un effort d'imagination hors du commun puisque la pièce en question est plus petite que le bureau.

Après avoir hésité quelques minutes, nous décidons d'emporter le bahut. Nous nous alignons sur la *beste*, assurons notre prise et hop ! nous voilà en train de tituber en direction de l'appartement, le souffle court, quand même un peu étonnés du poids du machin.

Au bout de 50 pas, j'ai une intuition désagréable. J'exige une pause, étudie le meuble avec un peu de recul et déclare :

— Ça ne passera pas dans l'escalier.

Ma sociologue (préférée) penche la tête sur le côté, réticente, l'air de vouloir protester, mais elle se ravise — car, voyez-vous, le meuble est visiblement deux fois plus large que notre cage d'escalier, peu importe dans quel sens on aborde le problème. Sans oublier que ledit escalier est en chicane, et que l'on peine à y faire passer un parapluie.

Piteux, nous rapportons le meuble à son point de départ.

Cette histoire me semble confusément représentative de la place qu'occupe la littérature dans nos vies — mais ne me demandez pas pourquoi.

* * *

Et puis il y a cette histoire de marronnier qui vient de me revenir en mémoire — peut-être parce que j'ai passé l'après-midi dans un coin reculé et forestier de Lanaudière à discuter d'épinettes noires, de faiseurs de veuves et de peupliers non indigènes.

Toujours est-il que ça remonte à l'an dernier. La Fondation Anne Frank venait d'annoncer que le célèbre marronnier de la petite Anne, le marronnier qu'elle regardait par la fenêtre de sa cachette et dont elle parle dans son journal, allait devoir être abattu.

L'arbre, plus que centenaire, était attaqué simultanément par un champignon vorace, le polypore aplani, et par un pittoresque lépidoptère que l'on nomme la mineuse du marronnier. On estimait que 42 % du tronc était déjà putréfié. Un cas désespéré.

Il faut voir ce vidéo où deux biologistes auscultent l'arbre avec des capteurs tout droit sortis des labos de la NASA. Le vénérable marronnier avait acquis un statut comparable à ces quatre ginkgos bilobas qui ont survécu à la déflagration atomique d'Hiroshima : moins des arbres que des symboles.

Mais que les annefrankophiles se rassurent : on a pris soin de procéder à des greffes qui permettront de replanter le marronnier — ou son clone, si on préfère — à l'endroit même où il se trouvait. Dans 170 ans, la vue devrait être convenable.

Cette histoire me semble (elle aussi) confusément représentative de la place qu'occupe la littérature dans nos vies. Mais ne me demandez pas pourquoi.

12 juillet 2007

L'œuf dans le vinaigre et autres observations culturelles

Je l'avoue : j'aime les salons du livre. Il s'agit d'un sentiment plus ou moins répandu dans le milieu. Plusieurs de mes collègues tiennent les salons pour un mal nécessaire, une espèce d'instrument aratoire culturel à mi-chemin entre la moissonneuse-batteuse et l'épandeur à purin.

Il s'agit d'un sentiment fort compréhensible. Personne n'apprécie de consacrer les meilleures heures de sa journée à guetter le badaud, seul à côté d'une trop haute pile de bouquins. Certains, par ailleurs, détestent rencontrer les gens. Le pire cas de figure consiste donc à s'emmerder dans l'attente d'un lecteur que l'on redoute — d'où l'enthousiasme très moyen qu'éprouvent plusieurs écrivains pour les salons du livre.

Étrangement, le salon passe pour un instrument de l'industrie littéraire moderne. Le phénomène ne date pourtant pas d'hier : au Québec, les plus vénérables salons remontent aux glorieuses années 60, alors que florissaient, incidemment, les salons funéraires et les bar-salons.

J'y vois d'ailleurs une coïncidence instructive : on trouve, dans tout salon du livre qui se respecte, l'équivalent du pilier de taverne, du cadavre embaumé et de l'œuf dans le vinaigre. Je laisse à d'autres la joie vicieuse de les identifier.

Mais contrairement au salon funéraire et au bar-salon, le salon du livre ne dérive pas d'anciennes pratiques domestiques. Il descend plutôt de la fête paroissiale, voire de la foire agricole, dont on peinait d'ailleurs à le distinguer. Poreuse était la frontière qui séparait les aventures de *Jean Rivard* de *l'Almanach des agriculteurs*.

Nous avons fait bien du kilométrage, depuis.

Les salons du livre ont désormais leur propre mythologie, leur sous-culture, leurs galeries de héros légendaires. De nombreuses anecdotes circulent par exemple au sujet d'Yves Thériault et des stratagèmes commerciaux qu'il élaborait. N'avait-il pas proposé de s'enfermer dans une cage de verre pour la durée d'un salon afin d'y rédiger un roman en direct, sous l'œil émerveillé des flâneurs ?

Poussée à ce point, l'inventivité commerciale touche à la poésie — une poésie un peu pittoresque, qui sent bon le broche-à-foin, et fait souvent défaut dans les campagnes promotionnelles modernes.

11 octobre 2007

Le cauchemar de Dewey

Cette semaine, dans le cadre de notre série *Les Merveilles de la nature*, nous étudierons un phénomène étonnant qui se produit chaque année entre le Salon du livre de Montréal et la Saint-Sylvestre, avec (pour ainsi dire) la régularité lunaire du capelan qui roule sur les grèves de l'hémisphère nord.

Il s'agit du livre de table à café.

Comme son nom l'indique, le livre de table à café occupe habituellement une table (si possible à café) ou plus simplement, en l'absence d'icelle, un espace horizontal préférablement situé au centre du salon. L'affaire s'explique aisément. D'une part, le livre à café est conçu pour résister au rangement : trop volumineux et trop lourd pour voisiner les romans sur une tablette de profondeur normale, on n'a guère d'autre choix que de le laisser prendre la poussière. D'autre part, le livre de table à café joue un rôle essentiellement social : lu par personne, feuilleté par tout le monde, il constitue un véritable paradoxe éditorial.

Il s'agit, en somme, d'un livre qu'on ne range jamais. Le cauchemar de Dewey.

Prenons un de ces ouvrages au hasard : *Dix granges traditionnelles du Manitoba qu'il faut voir avant de mourir*. Soumis au spectrographe atomique, l'objet se décompose de la manière suivante : 75 % de cellulose d'eucalyptus, 7 % de vernis, 11 % de kaolin, 9 % de carton, 13 % de jaquette, 2 % de ficelle, 3 % de glu, 14 % d'encres diverses, 6 % de sauce soya, 58 % de somptueuses photos couleur, 2 % d'empreintes digitales — et 0,1 % de texte.

Cet embryonnaire 0,1 % de texte correspond très exactement au degré d'intérêt qu'éprouve le Nord-Américain moyen pour la lecture au cours de la première semaine de décembre.

Bien plus qu'un produit, le livre de table à café est un symptôme : son apparition annonce le moment de l'année où l'on achète de beaux albums d'architecture, des manuels de recettes asiatico-compliquées et des ouvrages sur l'artisanat quiché — le moment de l'année, en fin de compte, où la lecture est une cause perdue.

Certes, les chalands achètent aussi des romans — mais pas dans le but de les lire eux-mêmes, que non ! En décembre, on achète des romans pour les offrir à des gens qui ne les entameront pas avant d'avoir roté leur dernière bouchée de beigne au levain, aux alentours du 3 février.

Éclipse totale de lecture pour toute la durée du solstice. En comparaison, juillet est une véritable bibliothèque globale.

D'ailleurs, le texte du livre de table à café — ce famélique 0,1 % — n'est généralement pas destiné à la lecture. Il repose sur la syntaxe superlative, l'adjectif crémeux et le sens du pittoresque.

Pour tout dire, si ces ouvrages n'étaient pas copieusement illustrés, personne n'irait au-delà du titre.

5 décembre 2007

Le temps perdu

S'agit-il (encore) d'un effet pervers du vieillissement ? Il me semble qu'avec le temps, écrire un roman consiste moins à exploiter une expérience durement acquise qu'à manœuvrer autour des pathologies du langage.

J'ignore comment mes collègues gèrent leurs syndromes personnels : il s'agit d'une sorte de tabou. Entre romanciers, on consacre plus de temps à trinquer qu'à discuter virus et bestioles. Si d'aventure on aborde le problème, on accuse joyeusement l'empirisme, grand moteur du progrès et responsable de toutes les fausses pistes.

Nous gagnerions pourtant à dresser une liste des pathologies dont souffrent les romanciers. Le choix des organes ne manque pas : gestion du réel, dialogues, néologismes, ponctuation.

Prenez le temps de narration. Vous entendez beaucoup de romanciers pester contre le temps de narration ? Non, ils se taisent, les coquins. Quelle magistrale épine dans le pied, pourtant. Ce choix en apparence anodin entraîne des répercussions sans fin.

Essayez un peu d'imaginer de grands classiques déclinés dans un autre mode temporel...

Longtemps, je m'étais couché de bonne heure.

Longtemps, je me couchai de bonne heure.

À cette époque, je me couchais de bonne heure.

Ah, me coucher de bonne heure comme autrefois !

Depuis longtemps, je me couche de bonne heure.

Longtemps encore, je me coucherai de bonne heure.

Chacun de ces temps de verbe débouche/débouchera/aurait débouché sur un récit parallèle profondément différent.

Rien n'importe plus que le temps. Il passe trop vite ou trop lentement. Il est persillé d'ellipses. Il se cristallise, s'évapore, se condense. Nous évoquons les temps anciens, nous redoutons la fin des temps. Quant au présent, physiciens et bouddhistes nous assurent qu'il est illusoire : tout fuit et se transforme sans cesse. (Je veux bien, mais faut-il narrer ce mouvement au passé simple ou au présent ?)

En écriture, négocier le temps du récit revient à magouiller avec l'anatomie de l'univers.

Ne croyez surtout pas les apprentis techniciens qui prétendent que le verbe *x* donne à coup sûr l'effet *y*. En matière de temps, Albert Einstein a clairement démontré que tout est relatif — et cette relativité cause mille migraines au romancier.

Tenez, je viens de consacrer près d'une semaine à changer le temps d'un manuscrit. Tout ce qui se déroulait au présent se déroule désormais au passé. Pareil exercice ne consiste pas simplement à reconjuguer les verbes : certains paragraphes écrits dans une perspective temporelle s'avèrent presque intraduisibles. Sur un manuscrit de 30 000 mots, changer le temps implique pas mal de réécriture.

Et ce n'est pas la première fois que j'inverse le temps de ce damné manuscrit. En fait, c'est chaque fois la même chose : j'expérimente quelques semaines au présent, je transfère au passé, puis je reviens à nouveau au présent, et ainsi de suite. Au bout de quelques versions, mes personnages commencent à ressembler à des *crash test dummies*.

Et quelle est donc la cause de ces réembrayages répétitifs ? Ma dépendance à l'imparfait de l'indicatif.

L'imparfait est mon petit calumet, mon rhum agricole, mon ivresse de la vitesse. Verbe puissant, il permet de condenser 30 ans de vie en un seul mot. Pas même besoin de s'embarrasser d'un auxiliaire. (Quelle plaie, les auxiliaires !) L'imparfait est un verbe autoporteur et autarcique, il se suffit à lui-même. Il exprime la continuité, la durée — et, paradoxalement, l'incertitude et l'indétermination. C'est le verbe hemingwayen par excellence, le verbe du café que l'on sirote chaque jour au même bistro sans trop chercher à savoir ce que réserve demain.

Il s'agit toutefois d'une accoutumance létale. L'imparfait a ceci de dangereux qu'il permet de s'en tenir indéfiniment aux généralités. En équilibre sur l'imparfait, vous surfez à la surface du récit sans jamais y plonger — position grisante, mais peu productive.

Pendant des mois, vous entretenez l'illusion d'écrire un roman — alors qu'en réalité vous rêvassez, étendu dans une fumerie d'opium.

J'ai travaillé fort pour m'amputer l'imparfait. J'ai violemment réécrit des manuscrits. J'ai zigouillé des personnages. Je me suis contraint au présent de l'indicatif pendant des mois, jusqu'à me dégoûter de l'écriture. Des centaines de milliers de mots plus tard, je n'ai toujours pas vaincu ma dépendance. Je ne domine pas l'imparfait : je compose avec lui.

Je me console en songeant qu'il s'agit, au moins, d'une pathologie typiquement romanesque.

13 février 2008

Vaut mieux rester calme

J'ai été marqué, autrefois, par une question qu'a posée l'écrivain Guy Cloutier lors d'un cours de littérature à l'Université Laval. Bien que les mots exacts m'aient depuis longtemps échappé, je me souviens parfaitement de son sens : « est-il possible d'écrire sérieusement sans s'intéresser un tant soit peu aux tendances contemporaines ? »

Autrement dit, nous n'écrivons pas de la même manière en 2008 qu'en 1978, et il est douteux de ne pas se tenir minimalement au courant de l'état de la situation — peu importe que l'on décide ou non de monter dans le train.

Cette idée m'obsède depuis longtemps, bien qu'elle soit incroyablement vague. Il m'apparaît impossible, désormais, d'écrire une phrase sans me demander si sa forme reflète l'époque actuelle, un passé plus ou moins distant, ou alors (soyons ambitieux) un futur indéterminé.

Si cet exercice force à mesurer toutes les dimensions du texte — syntaxe, ponctuation, rythme, économie des paragraphes —, il prend toutefois une ampleur particulière dans le domaine du lexique.

Ce n'est un secret pour personne : une multitude de mots se déplacent dans le temps. Ils sont datés, ils vieillissent, certains portent même une date de péremption. Rien ne nous empêche de les utiliser, évidemment, mais il vaut mieux être conscient de leur position — car très souvent, l'imprécise connotation d'un mot importe autant que son sens exact.

Certains mots sont franchement archaïques, comme l'adverbe de négation « point », alors que d'autres paraissent plus subtilement démodés — par exemple, « cela » au lieu de « ça ». À force de s'interroger, on tombe facilement dans l'excès. Résultat : on risque de passer 10 minutes à soupeser « environnant », « atmosphérique » et « ambiant ».

Poussé trop loin, l'exercice tourne à la pathologie. On finit par consulter le dictionnaire des synonymes comme les cotes de la bourse. On étudie les fluctuations du langage dans le détail, on cherche à déterminer les mots qui grimpent et ceux qui dégringolent, les valeurs sûres, les abris fiscaux, les bulles.

Pourtant, le concept même de « valeur » est volatil. Prenez le mot « urbain », un terme bien coté depuis trois ou quatre ans. D'abord avant-gardiste, il est vite devenu commun, avant de tomber dans l'utilisation à outrance, puis dans l'impropriété excessive. En ce moment, il se trouve quelque part dans le Dollarama du langage, à côté des napperons en bambou et des potiches pseudo-asiatiques.

Inversement, on peut toujours utiliser un archaïsme afin d'obtenir un effet particulier, voire dans l'espoir de le réactualiser. Rien ne l'interdit, pourvu que le résultat soit intéressant.

Question clé : comment dater un mot ?

En se fiant à l'usage, bien sûr — mais l'usage de quoi ? Un simple phonème, une banale syllabe, une tournure orthographique suffiront pour donner l'impression qu'un mot sent la poussière.

Il arrive même qu'une seule lettre fasse toute la différence. Regardez comment la compagnie Apple a modernisé tout son lexique publicitaire en utilisant la lettre « i » : iMac, iBook, iPod, iTunes, iPhone et autres iMachins.

Le résultat est d'autant plus spectaculaire qu'il repose sur un insignifiant « i » minuscule. Peut-être l'efficacité provient-elle, justement, de l'utilisation inhabituelle d'un suffixe minuscule suivi d'une majuscule ? Difficile à dire : nous flottons ici dans le domaine du fignolage infinitésimal et de la spéculation moléculaire.

Mais aussi palpitant soit-il, l'exercice peut facilement devenir stérile si on se laisse emporter. Autrement dit : trop s'interroger sur le vocabulaire nuit au kilométrage.

Pour mener à terme un ouvrage de taille moyenne, le romancier généraliste doit enligner environ 50 000 mots. S'il mesure le taux de carbone 14 à chaque phrase, il court le risque de retarder sans cesse la date de publication — ce qui le forcerait à devoir réviser sans fin la datation de son texte. Vaut mieux rester calme.

Il m'arrive parfois de prendre un pas de recul et de m'apercevoir à quel point toutes ces byzanti - neries sont décrochées de la réalité.

Quel boulot schizoïde, tout de même.

Quand je veux me réchauffer l'âme, je pense à la grande aventure que vit ma fille depuis quelques mois : elle apprend à parler. En ce moment, elle travaille fort pour distinguer un poteau d'un arbre — et rien ne semble plus incroyablement complexe.

Pas à dire, le langage est un miracle.

19 mars 2008

Tentative d'épuisement d'un écrivain parisien

1. L'improbable

Je fus saisi, la semaine dernière, d'une nostalgie poignante et impossible. J'ai eu envie, en ce frileux printemps 2008, de boire une bière avec Georges Perec.

Cette chronique étant (parfois) le lieu de l'impossible, de l'improbable, voire de l'ineffable, j'aimerais imaginer ici une brève rencontre avec l'écrivain. Cette rencontre se serait vraisemblablement (quoique pas nécessairement) produite à Paris. Perec était en effet le plus parisien des écrivains — quoique, à bien y penser, l'équation inverse semble encore plus exacte : Paris est la plus perequienne des villes.

2. Terrain non balisé

Je surprendrais Georges Perec dans son habitat naturel, au Tabac Saint-Sulpice mettons, attablé devant une noisette ou un demi. Je m'approcherais tout en douceur, avec des discrétions d'ornithologue — et sans révéler, surtout, que je suis un de ses lecteurs.

J'ai constaté plusieurs fois, pour l'avoir moi-même essayé, que l'approche dite du groupie est infructueuse. Aborder un écrivain en annonçant « j'ai lu tous vos livres » ou « je vous admire » ne mène nulle part : cela crée instantanément une distance. Cela produit un classement, donc un cloisonnement : l'écrivain d'un côté, le lecteur de l'autre. Quelle conversation peut naître d'une telle séparation ?

Je feindrais donc de n'avoir lu aucun de ses livres. D'ignorer même jusqu'à son identité. Georges Perec, dites-vous ?

3. Apparence

À quoi ressemblerait Perec ? Serait-il court ? Enjoué ? Anxieux ? Secoué de tics faciaux ? Parlerait-il du nez, ou comme une mitrailleuse ? Serait-il timide, effacé ? Aurait-il l'œil acéré ? Relèverait-il d'une cuite ou d'une nuit d'insomnie ? Fumerait-il en série ? Serait-il ouvert à la discussion ou, au contraire, protégé par une invisible écoutille ?

4. Youtube

Une partie de l'article précédent est facile à éclaircir : on trouve des entrevues de Georges Perec sur YouTube. Je viens juste de les découvrir. J'attends toutefois d'avoir terminé cette chronique pour les visionner — non seulement parce que le temps s'écoule à toute allure, mais également (et surtout) parce que je tiens à conserver ma marge de manœuvre. Trop de documentation étouffe l'imagination. Il faut savoir garder ses distances.

5. Spéculation

Je me demande souvent si Perec aimerait Internet, ou s'il s'en méfierait.

6. À plat ventre sur un lit

Il existe un moment où chaque romancier généraliste doit situer sa manière d'écrire : se trouve-t-elle sur le versant des éruptifs, des kerouaquiens, des diluviens, ou plutôt sur le versant de Georges Perec ?

Cela dit, on aurait tort de perpétuer le souvenir d'un Georges Perec strictement cartésien, manipulateur de virgules et architecte du minuscule. Ce portrait est incomplet. Perec rêvait également d'écrire des « livres qui se dévorent à plat ventre sur son lit » — ce qu'il a très certainement réussi avec *La Vie mode d'emploi*, un roman(s) qui évoque à la fois Mark Twain, Charles Darwin, Herman Melville et Gabriel García Márquez.

Mais je m'égare.

7. Réel

On ne saurait trop souligner la difficulté d'imaginer une rencontre entre deux inconnus, surtout lorsqu'elle prétend emprunter au réel, à l'histoire.

Nous voici attablés côte à côte, Perec et moi, bière à la main. Nous avons un peu parlé du Québec — Perec a vite repéré mon accent —, mais je me suis empressé de détourner le sujet. Je cherche à l'entraîner sur un terrain plus intéressant. Nous sommes en 1978, et il vient de consacrer 20 mois à la rédaction de *La Vie mode d'emploi* — durée dérisoire en regard de l'imposant bouquin. Est-il prudent d'aborder la question ?

Car voilà, en fin de compte, ce qui m'intrigue : comment se sent-on à la sortie d'une œuvre aussi énorme ? Non pas : d'où-viennent-vos-idées, mais bien : à quoi ressemble Georges Perec après un tel tour de force ? Peut-on sortir inchangé d'une telle œuvre ?

8. Dispositif

J'aurais sans doute apporté mon jeu de go — un dispositif que Perec a maintes fois utilisé dans ses textes. La coïncidence le surprendrait, et peut-être commencerait-il à se méfier de moi. Il accepterait néanmoins de jouer une partie. Je prendrais plusieurs pierres de handicap, et perdrais lamentablement.

Puis, je lui serrerais la main, le remercierais et m'en irais sans hâte vers la station de métro Mabillon.

9. Bref

Georges Perec est mort d'un cancer des bronches en 1982. J'avais alors 10 ans et je ne buvais pas encore de bière.

21 mai 2008

De l'art de garrocher un livre

Heureux le lecteur émancipé qui s'octroie la liberté de spontanément projeter un livre au travers de la pièce, voire dans le bac à recyclage, ou mieux encore : par la fenêtre (en été seulement).

Contrairement au lancer du téléphone portable, discipline fort récemment développée par nos estimés amis scandinaves, le lancer du livre remonte à l'antiquité mésopotamienne. On lançait alors des tablettes d'argile, généralement en visant autrui. La littérature était encore primitive, et on discernait mal le document culturel du simple projectile.

La pratique s'est perpétuée et perfectionnée avec les siècles, se transformant en lancer du papyrus, du parchemin, puis du codex. Durant l'âge d'or des in-folio, ces épais volumes cousus au gros fil et couverts de robuste cuir de ruminant, on reconnaissait les projeteurs de livres à leurs biceps proéminents. Dans le voisinage, on recourait à ces athlètes pour catapulter des Bibles de 30 kilos ou, plus rarement, afin de dévisser les pots de confiture.

Aujourd'hui, le jet du livre constitue une pratique bien établie qui reflète, à sa manière, l'infinie diversité du phénomène littéraire : il existe autant de raisons et de manières de garrocher un livre qu'il existe de lecteurs.

Pour ceux qui veulent creuser la question, je recommande l'incontournable *Books in Space, a Complete History of Literacy and Balistic*, du regretté professeur R. M. Whitesand, publié en 1973 aux Presses de l'Université d'Alamogordo et désormais un peu difficile à trouver.

Dans cet ouvrage légendaire, Whitesand dresse un panorama complet et détaillé du lancer du livre, depuis Socrate jusqu'à Wernher von Braun. Historien rigoureux, il se permet toutefois quelques digressions polémiques. Il critique notamment les abus technologiques — sièges éjectables, charges pyrotechniques et autres bibliothèques à suspension —, et se prononce en faveur de la propulsion musculaire traditionnelle, seule manière sérieuse d'envoyer dinguer un ouvrage avec toute la spontanéité requise.

L'ouvrage de Whitesand date un peu, cependant, et plusieurs d'entre nous regrettent l'absence de données relatives aux pratiques contemporaines. Les questions sont pourtant nombreuses. Combien d'ouvrages le lecteur nord-américain moyen lance-t-il chaque année ? Ces chiffres varient-ils en fonction de l'âge, du sexe, du niveau d'éducation ? Catapulte-t-on davantage d'essais en sémiologie ou de romans à l'eau de rose ?

Une telle enquête dévoilerait sans doute l'universalité du phénomène et contribuerait à combattre l'obscurantisme — car il se trouve encore de nombreux bibliopathes pour qui le livre constitue un objet sacré, à ne manipuler qu'avec des gants de caoutchouc.

Pour ces tristes puritains, le lancer du livre se classe parmi les hérésies, au même titre que les cernes de café, coins cornés et autres notes griffonnées dans les marges.

J'aimerais aujourd'hui sortir du placard et prendre publiquement position : je lance des livres.

Pas beaucoup, certes. Je me tiens sous la barre des quatre jets par année — trop lancer banalise la pratique. N'empêche, je n'hésite jamais à mettre un livre en orbite lorsque le besoin s'en fait sentir.

Je viens justement de catapulter un roman — inutile d'en dévoiler le titre —, suite à trois semaines d'une lecture éreintante.

Ne vous y trompez pas : j'aime bien, de temps à autre, peiner sur un texte. Un peu de sueur et d'huile de neurone aident à lubrifier le cerveau. Dans ce cas-ci, pourtant, l'effort me semblait injustifié.

Je consens à trimer sur un texte novateur, expérimental ou ambitieux, mais ne craignons pas de dire la vérité : certains livres sont inutilement obscurs, obstrusifs ou mal foutus. De la mélasse narrative.

Je réfléchissais à la question tout en me pelletant un chemin de page en page : étais-je en présence d'un de ces ouvrages visqueux ? À partir de quel moment peut-on déclarer qu'une écriture est inutilement tarabiscotée ou rébarbative ? Comment différencier le complexe du compliqué ?

Peut-être le plaisir est-il la clé de tout ?

Quoi qu'il en soit, j'ai fait de mon mieux pendant 150 pages — et un soir, vers minuit, poussé à bout, j'ai finalement lancé le damné bouquin de toutes mes forces. Un beau tir : le bouquin a ricoché contre le mur, ratant la poubelle de peu.

« *Le roman* », écrivait Julio Cortazar, « *n'obéit à aucune loi sinon celle qui empêche la gravité de le faire tomber des mains du lecteur.* » C'est bien vrai, *compadre*, mais il faut parfois donner un petit coup de main à la gravité.

25 juin 2008

Des chèvres et des hommes

Mesure-t-on les milliers d'années condensées dans la touche « entrée » que l'on enfonce distraitement afin d'insérer un saut de paragraphe ?

Jadis, on recopiait les textes bibliques d'un seul bloc, sans la moindre division : un long pain de caractères hébreux, bordé de part et d'autre d'un rempart de commentaires savants. Le support expliquait sans doute ce phénomène : les copistes devaient travailler sur le cuir de chèvres qui, la veille encore, gambadaient dans la montagne en broutant du thym sauvage.

Ils nous racontent une étrange et tragique histoire, ces ruminants d'autrefois. Pensez aux troupeaux entiers qui furent nécessaires pour transmettre la Torah à travers les âges, enroulés dans des synagogues arides, portant sur leur dos la création du monde et le recensement des tribus lévitiques.

Mais la Torah était longue et les chèvres faméliques, difficiles à attraper. On avait tout intérêt à ne pas gaspiller le cuir en y insérant des sauts de paragraphe. Le monobloc était sacré, mais aussi économique.

Ce sont les rabbins qui découpèrent le texte biblique en péricopes, brèves unités qui facilitaient la lecture à haute voix. On ne coupait pas à la légère, cependant, et une seule erreur suffisait à invalider un rouleau de texte au complet.

On ne rigolait pas avec les coquilles, dans ce temps-là.

De nos jours, la situation est bien différente. La pharmacie du coin écoule des rames entières de papier vierge à 5,99 $, et plus personne — hormis les éditeurs — ne se soucie vraiment de savoir si le texte occupe plus ou moins d'espace sur la page. On insère les paragraphes quand l'envie nous en prend, voilà tout.

L'exercice n'a pourtant rien d'innocent. Pour l'écrivain, le saut de paragraphe appartient aux névroses capitales. En sectionnant le texte, on ne se contente pas de faciliter la lecture : on suggère des motifs, on force des interprétations, on accentue l'importance de certains mots — aussi perd-on parfois un temps fou à chercher le découpage le plus significatif pour un simple bas de page.

Certains auteurs préconisent une approche extrême : ne pas couper le texte du tout. Un paragraphe par chapitre, voilà un ratio simple à retenir. Kerouac a notoirement poussé l'idée jusqu'à charger son Underwood avec du papier en rouleau — un truc qui aurait sauvé bien des chèvres autrefois. La pratique a cependant la réputation d'être rébarbative pour le lecteur.

On peut au contraire découper le texte à raison d'un paragraphe par phrase, pratique courante sur plusieurs sites Web. Cette façon de faire véhicule toutefois deux idées fort louches : la première, c'est que le cerveau du lecteur ne peut mastiquer que de très petites bouchées. La seconde, c'est que chaque phrase doit pivoter autour d'une idée. Le texte doit défiler sans temps morts, sans phrases inutiles.

Voilà qui invaliderait une bonne partie de la littérature mondiale.

Le découpage du texte en paragraphes n'obéit pas simplement à des impératifs visuels : il constitue une première lecture du texte, et l'auteur, en acceptant de s'y livrer, reconnaît sa condition humaine. Refuser de découper un texte tient de l'acte mystique — d'ailleurs, la légende veut que Kerouac, placé devant la nécessité de fragmenter *On the Road*, ait rétorqué : « *Ce texte a été dicté par le* Saint-Esprit. »

Pour ma part, humble mortel, j'ai poussé l'obsession jusqu'à souffrir de l'impression (bizarrement biblique) que les paragraphes ne font pas partie du texte.

L'idée peut sembler philosophique, mais c'est au fond une attitude de praticien, et je me souviens d'avoir provoqué une profonde incompréhension, il y a deux ou trois ans, en avouant la chose devant une tablée d'universitaires. À l'autre bout de la table, un bonze barbu s'étonna sur un ton sarcastique : « Ah bon ? Pour vous, la scansion est indépendante du texte ? »

Vous avez noté comment certains mots, dans la bouche d'un universitaire, s'apparentent à des prises de judo ?

J'ai eu le sentiment d'avoir énoncé soit une ânerie, soit une idée révolutionnaire (il est parfois malaisé de différencier l'une de l'autre) et je n'ai plus jamais reparlé de cette idée à qui que ce soit —

mais il m'arrive encore, la nuit, de rêver que je coupe et recoupe des textes en paragraphes éphémères.

Aah, mesure-t-on les milliers d'années condensées dans la touche « entrée » que l'on enfonce distraitement afin d'insérer un saut de paragraphe ? Il m'arrive, en y posant l'auriculaire, d'entendre les chèvres bêler sur les plateaux du Néguev.

24 septembre 2008

Courber le temps

Il existe à Portland une librairie qui est, dit-on, la plus grosse librairie indépendante au monde. L'hyperbole est, pour une fois, pleinement justifiée.

Powell's, surnommée (à juste titre) *City of Books*, occupe en effet un pâté de maisons complet — plusieurs bâtiments raboutés au fil des années, en fait. Dans cet espace de 68 000 pieds carrés, on trouve plus d'un million de titres cordés sur des rayonnages, parsemés de centaines de petits papiers (suggestions, critiques, résumés) griffonnés par des libraires maniaques.

En dépit de son gigantisme, *City of Books* est parvenue à conserver une atmosphère de bouquinerie. D'ailleurs, on n'y fait pas de distinction entre les livres neufs et usagés : les deux saveurs se voisinent sans discrimination, sur les mêmes tablettes. De petits écriteaux rappellent même qu'acheter un livre usagé est un geste écologique (aah, la Côte-Ouest).

En moins d'une heure, j'ai trouvé presque tous les titres que je cherchais depuis trois ans. Je suis ressorti avec 10 kilos de bouquins, une facture ridicule — et une étrange impression de bien-être. Pourquoi (me suis-je demandé) les bonnes librairies nous laissent-elles dans un tel état de grâce ? La question est restée en suspens — après tout, j'avais 600 heures de lecture sous le bras.

Le lendemain matin, je rencontrais une classe de français. Des étudiants de premier cycle universitaire, pas trop portés sur la littérature.

J'aime bien ces étudiants que les écrivains n'impressionnent pas. Ils sont sans merci. Ils posent les questions les plus périlleuses, sans aucun ménagement. Des questions souvent trop compliquées, inattendues, voire taboues. Pourquoi (par exemple) est-ce que je n'écris pas en anglais ? Pourquoi je ne suis pas traduit en chinois ? Pourquoi est-ce que je ne travaille pas pour le cinéma ?

Ce matin-là, donc, une fille planquée dans le fond de la classe m'a balancé une question en forme de grenade : « Ça sert à quoi de lire des livres ? »

Misère. Je n'avais même pas fini mon premier café.

Devant ce genre de question, on a le choix : soit servir une portion de la *bullshit* habituelle et enchaîner en quatrième vitesse avec la question suivante, soit prendre le risque de réfléchir (et, donc, de se casser publiquement la gueule).

Peut-être étais-je encore imprégné de ma visite chez Powell's, mais j'ai pris le risque de la question. Pouvait-on vraiment, honnêtement, faire une distinction entre le livre et Tout-le-Reste ? Existait-il une vertu commune à *tous* les livres — aussi bien le *Harlequin Passion no 783* que *Finnegans Wake* ?

De nos jours (me suis-je mis à réfléchir tout haut, en tétant mon café tiède), la plupart des objets culturels sont intégrés dans une approche multitâche.

Autrement dit, on peut écouter de la musique en lavant la vaisselle, visionner un film en bavardant avec son voisin ou lire huit sites Web en simultanée.

Le livre, en revanche, demeure l'un des seuls objets culturels qui exigent de tout arrêter. Pour exister, il nécessite une attention exclusive. Impossible de lire un bouquin en pensant à autre chose.

Dans un monde multitâche, consacrer tout son temps à une seule activité revient à perdre son temps — ce qui explique sans doute en partie pourquoi on lit moins de livres qu'auparavant. L'intérêt du livre se trouve pourtant là : il exige certes plus d'effort, mais il dilate les heures.

Le livre est, en somme, une machine à courber le temps.

Voilà qui expliquerait d'ailleurs pourquoi le roman historique jouit en ce moment d'une telle popularité. Il s'agit au fond d'une métaphore de ce que le livre parvient à créer : une parenthèse temporelle avec sa propre logique, sa propre vitesse — une piscine olympique où un nageur solitaire enchaîne des longueurs, à l'aube.

Tout en parlant, je voyais plusieurs étudiants hocher la tête. Ils appartenaient à la génération de l'iPhone, de Facebook, de Twitter, de Google Agenda — et ils comprenaient visiblement très bien ce que je racontais.

Ils comprenaient pourquoi ils n'avaient *pas* envie de lire des livres, mais aussi pourquoi ils auraient *pu* en avoir envie.

J'ignore si notre rencontre leur a apporté quelque chose mais, pour ma part, je ne vois plus les librairies de la même manière. Je passe désormais leur porte avec un respect renouvelé — comme si j'entrais non pas chez un simple marchand de papier relié, mais chez un détaillant de machines à voyager dans le temps.

26 novembre 2008

Scrabblonomie

Le citoyen moyen s'enlise tout doucement dans le bitume économique. Depuis l'automne dernier, la crise des Américains est devenue la crise des Canadiens, puis celle des Québécois. L'apocalypse qui guettait le secteur manufacturier s'est transformée en marasme général.

Désormais, plus personne ne se sent totalement à l'abri.

Même le monde des lettres commence à trembler — car si, sous nos latitudes, fort peu d'auteurs réussissent à gagner leur croûte en écrivant, le livre fait tout de même travailler plusieurs éditeurs, imprimeurs, distributeurs et libraires, sans oublier les camionneurs, réviseurs et journalistes. Contrairement à ce que pensent les conservateurs, il y a beaucoup de monde sur notre chaîne de montage.

Je me demande parfois à quoi ressemblera l'industrie littéraire dans trois ans. Depuis quelques années, les agglomérats éditoriaux se multiplient — le plus récent étant, si je ne m'abuse, l'achat d'XYZ par Hurtubise HMH en novembre dernier. Règle générale, les vagues de consolidation n'augurent rien de bon.

L'avenir de l'industrie du livre me fait de plus en plus penser à une vaste partie de Scrabble. Vous voyez ce que je veux dire ?

J'ai appris à jouer au Scrabble vers l'âge de 9 ans et, jusqu'à tout récemment, je procédais de la manière suivante : j'étudiais les lettres à ma disposition, puis, j'essayais de composer les mots les plus beaux/acrobatiques/rares. Je préférais placer, par exemple, AULNES (6 points) plutôt que EUX (32 points, si on pose le x sur « lettre compte triple »).

Résultat : je me faisais lessiver avec une affligeante régularité.

La situation a changé lorsque j'ai connu ma sociologue préférée, qui a grandi dans une famille où l'on prend le Scrabble très au sérieux. Maintenant, je ne m'amuse plus : j'inventorie les places disponibles, je localise les cases cruciales et je tente de compter le plus de points possible avec mes 7 lettres. Le plaisir esthétique est moindre, certes, mais il m'arrive de gagner.

Le Scrabble est un jeu complexe, et on pourrait répertorier plusieurs sortes de joueurs.

Les pragmatiques (comme ma sociologue) cherchent le meilleur rendement possible. Les poètes s'amusent plus que tout le monde, mais crèvent la dalle. Les oulipiens (comme moi) veulent toujours essayer des variantes expérimentales, mais parviennent rarement à enrôler les autres joueurs. Les comptables s'emmerdent un peu, ils préféreraient jouer au Monopoli et finissent toujours par noter les points.

Vous voyez mieux comment le Scrabble constitue une métaphore commode pour parler de la crise économique ?

En fin de compte, la question est moins de savoir qui va survivre aux turbulences de l'économie, mais plutôt : comment changerons-nous notre manière de jouer ? Quel poète se transformera en comptable ? Apprendrons-nous à combiner plusieurs registres de jeu ? Verrons-nous apparaître une littérature de crise ?

La réponse est sans doute aussi complexe que l'économie elle-même, et on aurait tort de croire que les pragmatiques partent avec une longueur d'avance sur tout le monde — car il en va du monde réel comme du Scrabble : vous ne savez jamais quelles lettres vous pigerez au prochain tour.

4 mars 2009

Le cauchemar continuel

La continuité : vieux cauchemar récurrent des romanciers. Tout le monde aimerait écrire sans entraves, tel un nuvite dans un champ de pissenlits — et pourtant il faut garder le compte. Combien le colonel Aureliano Buendia a-t-il de fils ? Avec quelle arme mademoiselle Scarlet a-t-elle commis le meurtre ? Quel est l'âge du capitaine ?

La cohérence du texte dépend de ces exaspérantes broutilles.

Soigner la continuité constitue l'une des tâches les moins inspirantes de l'écrivain — l'équivalent, en quelque sorte, d'interrompre une course de 3000 mètres afin de remplir une déclaration de TPS/TVQ.

Tout le monde développe sa petite méthode afin de rendre le devoir de continuité moins douloureux. On noircit des fiches, on trace des diagrammes, on esquisse des arbres généalogiques. Les technophiles conçoivent des bases de données. Les hippies punaisent des artefacts sur les murs, tressent des quipus, bricolent des poupées vaudou. Les monomanes se tatouent des données à la grandeur du corps, à l'instar du protagoniste de *Memento*.

La méthode dépend naturellement de ce que vous écrivez. Tous les récits ne nécessitent pas le même degré de continuité. Dans le cas de la série télévisée *Lost*, par exemple, une personne s'occupe à temps plein de la continuité — et il suffit d'écouter trois épisodes pour comprendre qu'elle ne suffit pas à la tâche.

Chez le romancier généraliste, la continuité dégénère parfois en une obsession permanente. Elle déborde de l'écriture et s'applique aux moindres détails de la vie quotidienne. Elle devient une manière de penser. Un programme qui roule en tâche de fond.

Imaginez un peu le cerveau comme un gros ordinateur. Tandis que je rédige ces lignes, des dizaines de programmes fonctionnent simultanément — des petits bouts de logiciels qui gèrent le clavier, la grammaire, l'humour ou la rigueur factuelle. Quelque part parmi ces logiciels se trouve Continuité Pro (version 10.2.1).

Je l'utilise tellement, depuis quelques mois, qu'il se charge désormais par défaut, chaque matin, vers 6 h 20, en même temps que la cafetière. Je ne saurais plus m'en passer.

Les enfants, en particulier, posent un défi de continuité presque insurmontable. En effet, quiconque se reproduit accepte (sans le savoir) d'abandonner toute conversation sérieuse qui dure plus de 45 secondes, et ce, jusqu'à ce que la progéniture s'envole du nid familial, un tout petit quart de siècle plus tard. Pas moi.

En tant que romancier obsédé par la continuité, je refuse d'abdiquer. J'insiste pour garder le fil de *toutes* les conversations — et pour ce faire, le sens de la continuité s'avère crucial. Chez nous, les conversations s'étirent désormais sur deux ou trois jours. Certains entretiens entamés il y a plusieurs semaines attendent encore leur suite et leur conclusion. Continuité Pro s'en occupe.

Le problème, évidemment, c'est que tout le monde dans mon entourage n'utilise pas cet indispensable petit logiciel. Résultat : ma sociologue préférée s'arrache les cheveux cinq fois par jour, en s'écriant : « Attends, attends, attends ! De *quoi* tu parles ! ? »

Elle a très, très hâte que je termine mon prochain roman et que je prenne enfin des vacances.

18 mars 2009

Morts, vivants et sosies

Un mystérieux concours de circonstances fait en sorte que mon quartier, et plus exactement le quadrilatère où j'habite, semble héberger la plus grande concentration de sosies de Kurt Vonnegut de l'univers connu. (Incidemment, on y retrouve aussi une concentration anormale de Frank Zappa, mais il s'agit d'une autre histoire.)

Je passe pas mal de temps dans la rue, matin et soir, et j'observe chaque jour des douzaines de visages. J'en reconnais plusieurs, même si je suis peu physionomiste. Mon quartier est un très petit village. Il faut dire, aussi, que certaines personnes jouissent d'une anatomie reconnaissable, tel ce colosse à moitié chauve, tout droit sorti de *Jack et le haricot*, ou encore ce marcheur en forme de cucurbite géante, ou cette fillette haïtienne aux invraisemblables lulus.

Mais de tous ces badauds, ce sont les sosies de Kurt Vonnegut que je remarque le plus. Je les surprends dans tous les coins, à tous moments. Ils attendent l'autobus ou le feu vert. Ils achètent 200 grammes de salami tranché au IGA. Ils grillent une cigarette sur le seuil d'une taverne.

Ces balises mouvantes délimitent, de leurs déambulations, un quartier qui ne figure sur aucune carte de Montréal : le *Kurt Square Mile*.

Par quel improbable phénomène démographique ou migratoire mon quartier s'est-il peuplé ainsi de grands maigres moustachus et frisés, aux yeux cernés, et qui tous affichent le regard fatigué du légendaire écrivain d'Indianapolis ?

Je suppose que cette coïncidence révèle moins la nature du quartier que de celui qui en fait l'observation. Je plaide coupable.

Il fut une époque où je vous cassais régulièrement les pieds avec Kurt Vonnegut. Plongé dans ses livres, je n'en sortais le périscope que pour respirer un peu. Je n'avais pas seulement trouvé une œuvre, mais un être humain.

Je n'aime pas particulièrement fréquenter les écrivains. Je ne les fuis pas non plus, notez bien. Il existe simplement peu d'écrivains que je voudrais rencontrer spécifiquement parce qu'ils sont écrivains.

Je ne crois pas que j'aurais réellement aimé rencontrer Georges Perec ou Italo Calvino ou Michel Tournier. J'aurais bien aimé siroter un *single malt* aux côtés de Mordecai Richler, dans son Q.G. de la rue Crescent, mais j'aurais sans doute jugé préférable de ne pas lui adresser la parole. Herman Melville et Richard Brautigan m'auraient inquiété. Hemingway m'aurait probablement agacé. Douglas Adams était sans doute épuisant. En compagnie de Neal Stephenson ou Douglas Coupland, je craindrais de recevoir une décharge électrique.

Bref, Kurt Vonnegut reste l'un des seuls écrivains que j'aurais aimé rencontrer en qualité d'écrivain — et ce sentiment est exacerbé par le fait que Vonnegut est mort en avril 2007, à cause d'un stupide escalier. J'aurais *pu* le rencontrer.

Il reste donc ses livres — et je n'ai que modérément envie d'y voir ce que Vonnegut avait de mieux à offrir. Certes, je réprouve le culte de l'auteur, cette manie que nous avons de vouloir des écrivains plutôt que des œuvres, mais je crois toutefois qu'aucun être humain ne mérite d'être déclassé par ses livres.

En fait, on ne devrait jamais juger un écrivain face à ses livres, pas plus que l'on ne devrait juger un vivant face à un mort.

10 juin 2009

Mafalda et moi

Certains livres marquent le temps avec plus de pertinence que le calendrier. Ainsi en va-t-il de ces bouquins que nous lisons à 10 ans, 15 ans, 25 ans, 30 ans et 40 ans — et où chaque fois nous découvrons de nouvelles couches de sens. Ce que l'enfant trouvait obscur, l'adulte s'en amuse. Ce qui faisait rire l'adolescent échappe au père de famille. Et pourtant, à tout âge, l'émerveillement se répète.

On pourrait les qualifier de livres matryochka, mais ce serait inexact. En vérité, le lecteur seul joue les poupées russes : en se révélant à nous, ces livres de jeunesse éclairent ce que nous sommes en train de devenir. Ils répondent à leur manière aux questions fondamentales : qui sommes-nous, d'où venons-nous, où allons-nous ?

Ironiquement, ces grandes leçons philosophiques nous sont rarement servies par les grands textes, lesquels ne se fréquentent guère avant l'adolescence. Oubliez Proust, Miller, Tolstoï. À 8 ans, vous lisiez des bandes dessinées, des livres pour enfants, des classiques condensés, voire ces encyclopédies familiales dont les nombreuses images constituaient le principal attrait.

La relecture attentive de ces livres vous en apprendra davantage sur le sens de la vie — de *votre* vie, à tout le moins — que *Le Prophète*, *Le Secret* ou *Le Shack*, ces évangiles à 12,95 $ vendus à la pharmacie du coin.

Certaines œuvres se prêtent d'autant mieux à l'exercice qu'elles ne s'adressent à aucun lectorat exclusif : ni tout à fait pour les adultes, ni tout à fait pour les enfants. Le meilleur exemple demeure sans doute la légendaire bande dessinée *Mafalda*.

Créée en 1964 par le dessinateur Quino et publiée dans divers quotidiens argentins, *Mafalda* prit très tôt un biais très éditorial, fortement politisé, souvent satyrique. Si la plupart des bandes plaisaient à toute la famille, l'ensemble de l'œuvre ne pouvait être compris que par des adultes.

Le grand malentendu — fondé sans doute sur le genre plutôt que sur le contenu — consista à republier *Mafalda* dans des recueils destinés aux enfants, que les bibliothécaires classèrent sans hésitation entre *Lucky Luke* et *Martine à la plage*. Un malentendu, certes, mais aux heureuses conséquences : il ouvrit, pour des milliers d'enfants, une fenêtre sur la pensée des adultes. Ce fut une grande école d'ironie, d'humour noir et de fatalisme politique.

Lorsque j'ai commencé à lire ces bandes dessinées, j'avais à peu près l'âge des protagonistes — environ 8 ou 9 ans. Je pouvais déjà m'identifier à Felipe, ce grand anxieux, ou bien à Miguelito, ce petit mégalomane affligé d'une imagination incontrôlable. Je vivais les mêmes choses qu'eux, et j'éprouverais bientôt les mêmes angoisses. Leurs années 60 se transposaient sans problème avec mes années 70 : nous demeurions avant tout des enfants de la classe moyenne.

Devenu adolescent, je continuai de lire *Mafalda*. Jamais cette bande dessinée ne me parut enfantine. Au contraire, je continuais de m'identifier aux personnages — quoiqu'un peu moins aux situations qu'ils vivaient, et davantage à ce qu'ils disaient. Je nous découvrais, au-delà de l'anecdote, une parenté d'esprit intemporelle.

Il ne s'est guère passé une année, au cours des trois dernières décennies, sans que je relise au moins quelques bribes de *Mafalda*, et jamais cette parenté d'esprit ne s'est estompée. Mes affinités fluctuaient certes selon l'humeur du moment ou la saison de ma vie. Certains épisodes me laissaient désormais indifférent cependant que d'autres se nimbaient d'une lumière nouvelle — mais, dans l'ensemble, l'œuvre de Quino demeurait une grille de lecture valable de l'existence.

Puis, au cours des dernières années, une chose troublante s'est produite : je me suis mis à m'identifier aux parents de Mafalda. Jamais je n'aurais cru un jour me reconnaître dans ces anti-héros que Mafalda décriait, critiquait, tournait en bourrique. Désormais, la gamine de Buenos Aires n'était plus moi : c'était ma fille.

Je venais, insouciant, d'enjamber un ruisseau invisible que jamais je ne pourrais passer en sens inverse. Un minuscule Léthé.

Toutes ces années, j'ai vécu dans l'illusion que *Mafalda* m'accompagnait dans le temps et l'espace. J'avais tout faux. Moi seul me déplaçais, tandis que *Mafalda* restait immobile. Peut-être même ne me déplaçais-je que par rapport à l'œuvre de

Quino — car telle est la conséquence terrifiante de choisir une œuvre pour cadre de lecture de la réalité : l'œuvre devient une balise qui indique à quel chapitre nous en sommes de nos vies.

Si bien qu'en croyant relire nos livres d'enfance, nous mesurons en réalité le temps qui reste avant de tourner notre dernière page.

26 août 2009

Ma fille et les ogres

Nous avons, ma sociologue préférée et moi, exhumé plusieurs livres pour enfants de nos archives familiales. À moitié par nostalgie, à moitié parce que certains de ces livres demeurent amusants, pertinents, bien foutus. Ils rivalisent encore avec la production actuelle.

Depuis, je ne cesse de faire de fascinantes découvertes. Par exemple, ces récits mortellement datés, embourbés dans les années 50 — et pas seulement en matière de papier peint ou d'automobiles, mais dans les valeurs véhiculées, dans la sphère culturelle. Des papas absents qui filent au boulot dès le déjeuner avalé, laissant à leur femme le soin de la maisonnée, et ne reviennent qu'à la nuit tombée afin de border les enfants en vitesse. Ça donne froid dans le dos.

Certains livres apparaissent aujourd'hui d'une drôlerie infinie, notamment ce livret intitulé *Pim Pam Poum*, que ma sociologue préférée a mille fois lu dans son enfance, et qui me vaudra de passer une nuit ou deux sur le divan si d'aventure j'osais en dire du mal.

(Vous ne soupçonnez pas les sournoises censures qui affligent vos chroniqueurs culturels.)

Pim Pam Poum — sans virgule, et à ne pas confondre avec ces autres *Pim, Pam et Poum* qui sont la version française des *Katzenjammer Kids* (je le précise au cas où vous désireriez aller consulter tout ça à la Bibliothèque nationale) — raconte la vie quotidienne de trois agnelets.

J'allais écrire *mésaventures*, mais ce serait une erreur. L'auteure (une certaine Jeannine Marie) accomplit ici un authentique tour de force : elle parvient, au sein même d'un art qui repose sur le conflit — la fiction narrative —, à écrire un texte rigoureusement dépourvu de conflit. Le degré zéro de l'intrigue.

En fait, il y a plus de rebondissements dans une page de l'annuaire téléphonique que dans tout *Pim Pam Poum*, ce qui constitue... comment dire ? Une sorte d'exploit. Un méandre minuscule et exemplaire dans le grabuge de l'histoire littéraire.

(Attendez-moi un instant. Je vais aller dérouler tout de suite mon sac de couchage sur le divan.)

Pour ma part, j'ai sorti des placards ma collec - tion *Trésor des petits livres d'or*, ces recueils publiés par les éditions des Deux coqs d'or en 1971, et où l'on trouve un peu de tout : des fictions de la vie quotidienne, des récits éducatifs ou surréalistes. Des contes (condensés) des frères Grimm, de Perrault ou d'Andersen. Des historiettes qui recensent toutes les saveurs de canidés : chiens, renards et loups.

Ces recueils contiennent le meilleur et le pire — et si le meilleur transcende toutes les époques, le pire évoque parfois la méduse échouée, animal informe et nauséabond. J'aimerais que ces vieux recueils soient numériques, afin de pouvoir faire le tri d'un simple clic. *Voulez-vous vraiment placer cette histoire dans la corbeille?*

Les livres pour enfants posent plusieurs problèmes philosophiques. Quelle latitude veut-on laisser à ses enfants dans le choix de leurs lectures? Comment distinguer le bon du mauvais? D'ailleurs, vos enfants doivent-ils forcément partager vos goûts? (Non, bien sûr.)

Jusqu'à présent, je n'ai exercé mon veto parental que dans un seul cas: *Pinocchio*. Pas de ça chez nous.

Si un conte doit être didactique, alors je préfère les contes qui n'illustrent pas une morale abstraite, mais donnent plutôt une leçon de vie bien tangible. Une tranche d'existence, teintée de pragmatisme médiéval, souvent ludique et parfois absurde — absurde jusqu'à la cruauté, d'ailleurs.

Mais aussi amorales ou cruelles ces histoires soient-elles, je les lis sans crainte à ma fille. Bien pire que d'invoquer ogres et sorcières à son chevet, ce serait de lui marteler le cerveau avec des dogmes moraux à cette heure grise où la fatigue rend vulnérable.

Je préfère lui lire *Hansel et Gretel*, pourtant abominable, que l'histoire de ces deux poupons impossibles, aux abajoues parfaites, qui aident sagement leur maman à faire la vaisselle et ranger les jouets. La morale domestique reste de la morale.

Le problème n'est pas la morale, ni même ceux qui s'en soucient, mais bien ces individus qui font de la morale leur activité principale: les moralistes — professionnels de la morale comme d'autres sont professionnels de l'opinion, du vin ou du hockey.

Au fond, les moralistes ont quelque chose de l'ogre, ou du cyclope, dans leur monstruosité tranquille : ils partagent une tendance à vous tenir en captivité.

2 décembre 2009

80 % coton, 20 % polyester

Cette semaine, ma fille m'a fait inventer le conte post-industriel.

Tout a commencé innocemment, alors qu'elle me demandait d'où venait son chandail. Elle voulait sans doute savoir qui le lui avait donné. Pour faire une blague, j'ai regardé l'étiquette et lui ai annoncé qu'il venait de Thaïlande.

C'est où, la Thaïlande ?

Et nous voilà debout sur le lit, devant la mappemonde de la chambre à coucher. Tu es prête, ma chérie ? Accroche-toi.

Ton chandail est fait avec du coton, une petite fleur blanche et ouateuse qui pousse en Inde, et avec du polyester, c'est-à-dire du pétrole — une sorte d'huile noire qui se trouve sous terre. Le pétrole vient du Koweït, juste ici.

Tu me suis ? (Hochement de tête.)

Le coton et le pétrole sont chargés dans de gros navires qui naviguent jusqu'en Chine, où on transforme tout ça en fil, puis en tissu. Le tissu qui va devenir ton chandail, tu vois ? (Elle voit.)

Le tissu est ensuite chargé dans un autre navire, qui traverse la mer de Chine jusqu'en Thaïlande. Là, dans une grande usine, on coupe le tissu et on le coud. On fait plein, plein de chandails pareils comme le tien.

Voilà, ton chandail est prêt.

Maintenant, on emballe tous ces chandails dans des boîtes de carton, qu'on dépose dans une grosse boîte en métal : un conteneur. On charge le conteneur sur un autre navire, en compagnie de plein d'autres conteneurs remplis de toutes sortes d'objets. Des jouets, des voitures, des assiettes, des souliers, des téléviseurs.

Le navire se faufile entre les îles et traverse touuuuut l'océan Pacifique. Il passe le canal de Panama et remonte juuuusqu'à Montréal. Les boîtes de chandails sont alors chargées dans un camion, qui les emporte jusqu'au magasin.

C'est dans ce magasin que notre voisine Nadia a acheté le chandail pour son fils aîné. Lorsque le chandail est devenu trop petit, elle nous l'a donné — et c'est toi qui le portes. Un jour, ce sera ton petit frère. Et lorsque qu'il sera trop petit pour lui, nous irons le porter chez Renaissance où une autre maman l'achètera pour son enfant.

Et voilà. Tout simple, non ?

Ça vous semble un peu sec ? Un peu industriel ? Pas à ma fille, en tout cas, qui m'a ensuite demandé : « Papa, raconte-moi encore l'histoire de mon chandail ! »

Lorsqu'elle sera plus vieille, nous pourrons ajouter quelques chapitres sur les *sweatshops* et les dépotoirs. Ça vaudra bien les ogres.

*
* *

En lisant les *Trésors des petits livres d'or* avec ma fille, j'ai redécouvert le conte « Pouce Poucet », 10 pages délirantes illustrées par l'extraordinaire Richard Scarry.

Je vous résume l'intrigue : diverses volailles se font entraîner dans l'hystérie collective par un poussin qui, ayant reçu un gland sur le crâne, croit que le ciel s'apprête à leur tomber sur la tête. En chemin vers le château du roi (il y a toujours un roi dans les contes), lesdites volailles se font dévorer par un renard hilare.

Sans doute connaissez-vous mieux l'adaptation qu'en a faite Disney, en 2005 : *Chicken Little.*

Ce conte apocalyptique cache une histoire fascinante — l'histoire de l'histoire, pour ainsi dire. Le texte en V.O.A., qui remonte aux années 60, est une réécriture d'une fable folklorique qui circulait depuis un bon moment en Amérique.

L'histoire originale serait arrivée d'Afrique de l'Ouest au 18e siècle, apportée par les esclaves mandinkas et haoussas, avant de se répandre dans les garderies et les cours d'école du *Deep South*. En traversant l'Atlantique, le protagoniste a simplement changé de peau : de lièvre qu'il était en Afrique, il est devenu poussin.

Nous voilà bien loin de Montréal — mais ça n'arrête pas là ! En fait, ce conte plonge ses racines bien plus profondément encore : on le trouve dans les *Jakatas*, ces contes du folklore bouddhiste indien qui remontent au troisième siècle avant notre ère !

Plus qu'un simple conte, c'est l'histoire de l'humanité en 10 pages, drôle et absurde, triste et belle à la fois.

Alors quand j'en ai marre du polyester et des zones franches, je pars avec ma fille. Nous descendons vers les bayous et nous filons vers le Bénin. Nous traversons l'Afrique subsaharienne — à pied, s'il vous plaît — jusqu'au Proche-Orient, puis le Croissant fertile et le Pakistan. Et sans bruit, nous allons nous asseoir sur les rivages de la mer d'Oman, à l'ombre des baels lourds de fruits.

9 décembre 2009

Marshall McLuhan chez IKEA

En décoration intérieure, la tradition consiste à mesurer le livre comme la tapisserie : au mètre.

Pourtant, chaque fois que je me retrouve dans une salle d'exposition d'IKEA, je jette un coup d'œil aux livres qui ornent les tablettes, fasciné par ce qui constitue sans doute l'une des plus grandes concentrations de livres suédois en dehors de la Suède.

Ces livres m'ont toujours intrigué. D'où viennent-ils ? Les achète-t-on au conteneur, à la tonne ? Sont-ce des raclures d'entrepôt ou des titres fournis dans le cadre d'un programme de diffusion de la culture suédophone (l'équivalent scandinave de Patrimoine canadien) ?

Y a-t-il une loi nationale, en Suède, qui interdit le pilonnage et prévoit la redistribution des livres invendus dans le réseau IKEA ? D'ailleurs, trouve-t-on les mêmes livres dans une succursale IKEA de Montréal, des îles Canaries, de Singapour ou de Stockholm ?

Il existe, dit-on, un véritable culte du catalogue IKEA, aussi m'attendais-je à dénicher en deux minutes, sur le Web, une bibliographie complète des livres qui figurent dans ledit catalogue.

Résultat de la recherche : que dalle. Tout au plus mentionne-t-on quelques collectionneurs fous qui possèdent des catalogothèques exhaustives et peuvent vous trouver toutes les références à propos du bureau *Flärke* entre 1983 et 1997.

Si culte il y a, alors les fidèles sont plus discrets que des Chevaliers de Colomb.

Déterminé à me taper tout le boulot moi-même, je me suis rabattu sur notre propre bibliothèque de catalogues IKEA (qui se limite, à vrai dire, aux éditions 2007 et 2010).

La résolution des photos est assez mauvaise, aussi l'ikéathécaire en herbe devra-t-il se munir de deux outils de base : une loupe de géologue et le site Web de la bibliothèque nationale de Suède.

Il ressort de ces recherches une liste courte mais exotique : *Kärleksband*, *Sverigedemokraterna In På Bara Skinnet* (un reportage), *Fasornas Färd* (un « *historisk äventyrsroman* »), *Bevara Eller Skapa Fred*, *Solgudens Öga* — et *Rainbow*, de Tom Clancy.

Mais que sont ces livres au juste ? Dur à dire : le suédois n'est pas une langue prédominante d'Internet, et les engins de traduction ne prodiguent qu'une lumière toute relative. *Google*, par exemple, traduit le titre *Lyckans ost* par « *Le Bonheur du fromage* ».

Si on ne distingue pas les titres de tous les livres, on repère toutefois les motifs et les bégaiements sans aucune peine. Le studio IKEA, à Älmhult, est visiblement pourvu d'une bibliothèque modeste, et le lecteur attentif peut trouver de nombreux doublets : les mêmes livres qui se répètent d'une année à l'autre, d'une photo à l'autre — et même d'une tablette à l'autre sur la même Billy branlante.

À l'évidence, on suppose que le client n'inspectera pas les étagères de trop près — à tel point que, sur certaines photos retournées par le graphiste, figurent des livres en suédois inversé.

On pourrait en déduire que le suédois joue ici le rôle du *lorem ipsum* — ce simililatin dont les graphistes se servent comme matériau de remplissage neutre. En utilisant la langue de Selma Lagerlöf, on s'assure que 98 % de la clientèle sera incapable d'identifier les livres. Ça ne distrait pas l'œil et on évite les éventuels impairs.

Mais il y a plus : bien qu'obscur, le corpus suédois contribue à l'image de marque d'IKEA. À défaut d'exporter des auteurs, on exporte la couleur locale. Le chic scandinave n'est-il pas d'autant plus chic qu'il est incompréhensible ?

Le problème, c'est que les bébelles IKEA ne sont pas manufacturées en Suède, mais dans divers pays émergents, en particulier la Chine. La fameuse couleur locale est donc strictement superficielle : sous la surface, ça sent le Guangzhou et le Qingdao.

Ces livres suédois cordés sur de la mélamine *made in China* nous en disent beaucoup sur la place réelle du livre dans l'industrie moderne : moins un outil fonctionnel qu'une devise symbolique, que l'on utilise afin d'assaisonner un décor qui n'a rien à voir. Une bibliothèque en trompe-l'œil.

On m'accusera de pousser l'analyse trop loin — mais on n'analyse jamais trop lorsqu'il est question de marketing. Le livre et l'armoire sont ici deux côtés d'un même message. Lorsque ces deux côtés entrent en conflit, on ne se demande pas longtemps lequel a le dernier mot : c'est le meuble qu'on cherche à vous vendre, pas le livre.

McLuhan vous l'aurait dit : la mélamine est le message.

6 janvier 2010

Ghettos et chapelles

Ceci n'est pas une chronique sur le livre électronique.

Je le précise parce que le prétexte de départ en est, justement, le livre électronique, et que l'on pourrait aisément en déduire qu'il s'agit de mon propos principal. Il n'en est rien.

Résumons la situation : j'éprouve une irritation croissante, depuis quelques mois, à la suite de la lecture de trop nombreux articles qui dénigrent le livre électronique.

Les mêmes arguments reviennent sans cesse. On prétend qu'il s'agit d'un phénomène dangereux, susceptible d'engendrer une littérature paresseuse, corrompue, viciée, froide, impersonnelle, peu sérieuse, facile, prêt-à-jeter — voire de mener à l'éradication pure et simple de toute littérature.

Je n'entends pas défendre ici le livre électronique. Ma position sur le phénomène est, paraît-il, difficile à cerner — et la raison en est fort simple : je n'ai pas de position. À mes yeux, le livre électronique n'est ni une bénédiction, ni une calamité, mais simplement un fait avec lequel nous devrons bientôt vivre. Dont il faudra tirer parti.

Il se trouve toutefois, disais-je donc, que ce déluge d'articles condescendants et alarmistes me donne bizarrement envie de faire l'éloge du livre électronique.

On croira qu'il s'agit d'une prise de position en faveur du progrès. Erreur. Rien à voir avec le progrès. D'ailleurs, je ne crois pas au progrès. Non, le problème se trouve tout ailleurs.

On a maintes fois souligné les dispositions foncièrement technophobes du milieu littéraire, mais plus rarement a-t-on noté sa tendance à se peinturer dans un coin, son attirance malsaine pour les ghettos et les chapelles.

Je rêve parfois d'un grand livre qui s'intitulerait : *Une histoire de la littérature moderne en 50 exclusions*. Ce serait instructif. On s'apercevrait qu'elle ne date pas d'hier, cette étroitesse d'esprit qui consiste à mépriser des formats, des genres, des supports, des auteurs. Quelques exemples ?

La Littérature ne se décline pas en feuilleton.

La Littérature ne se publie pas en livre de poche.

La Littérature n'a pas de *genre* : ni polar, ni science-fiction, ni eau de rose.

La Littérature ne se publie pas en blogue.

La Littérature ne fait pas de compromis : elle ne s'abaisse jamais à prendre le lecteur en considération.

La Littérature n'a rien à voir avec les petits Mickey.

La Littérature ne se lit pas sur un téléphone cellulaire.

La Littérature vomit la nouvelle orthographe.

Vous voyez bien que cette chronique ne traite pas du livre électronique ! Elle porte sur la philosophie, la taxonomie, la sémantique — tout ce que vous voulez à part le livre électronique. Elle porte sur cette ancienne manie de définir la littérature par élimination. De manière exclusive. Non par ce qu'elle englobe, mais par ce qu'elle écarte.

Or, pour tout vous dire, je commence à en avoir soupé.

Ne me prenez pas pour un joyeux hippie œcuménique : il s'agit d'une simple question pragmatique. Pour un écrivain, la fermeture est tout bêtement contreproductive.

Si Borges avait tenu le roman d'espionnage pour une sous-littérature, jamais nous n'aurions pu lire « *Le Jardin aux sentiers qui bifurquent* ». Si Italo Calvino et Umberto Eco avaient méprisé le roman policier, jamais nous n'aurions eu *Si par une nuit d'hiver un voyageur* et *Le Nom de la rose*.

La vitalité (et la survie) de la littérature repose sur la diversité. Cette réalité est vieille comme le monde — allez relire Darwin et on s'en jasera.

Bref, serait-il possible d'arrêter une petite minute de paniquer au sujet du livre électronique ? Il n'est pas question, pour l'heure, de remplacer le support papier, mais bien d'ajouter de nouvelles plateformes, de nouvelles fonctions, de nouvelles pratiques.

Je le répète : *ajouter*, pas *remplacer*.

La diversité est toujours positive — et je suis fatigué de voir des exclusivistes s'acharner contre cette chose même qui donne son sens à la littérature.

De toute façon, ceux qui professent l'exclusion sont toujours pris en défaut. Tout ce que l'on a dénoncé comme non littéraire l'est finalement devenu. Les lecteurs transforment le paysage, et l'Institution se plie. On a vu des thèses de doctorat sur la science-fiction, sur San Antonio, sur le roman graphique, sur les Harlequin. On en verra bientôt sur *Twilight* et *Lost*.

Vous pensez que le livre électronique n'est ni sérieux, ni littéraire ? L'histoire vous donnera tort. Faites-vous à l'idée.

24 février 2010

Chacun son site d'enfouissement

J'éprouve une attirance démesurée pour les livres jetés aux ordures.

S'il n'est pas rare que je passe tout droit devant la vitrine d'une librairie, il m'est en revanche impossible de croiser une boîte de bouquins abandonnée entre une lampe torchère et un sac vert sans m'accroupir afin d'y fouiller un peu.

L'inventaire oscille souvent entre le banal et l'étonnant.

Manuel de chimie des années 70, anciens succès d'Hemingway en *paperback* moisis, monographie de la locomotive à vapeur au Honduras britannique, collection intégrale d'Arsène Lupin, encyclopédie de bricolage, albums de finissants, histoire occulte de la CIA dans le triangle des Bermudes.

Pareilles ordures ramènent l'écrivain à une saine humilité : elles nous montrent la destination finale de ces objets que nous chérissons tant, auxquels nous consacrons des milliers d'heures.

Je vous entends protester : certains Ostrogoths jettent des livres à la poubelle, certes, mais une telle pratique demeure exceptionnelle.

Vous croyez vraiment ? Pourrait-on m'expliquer, alors, pour quelle raison les premières éditions des classiques sont si rares ?

Prenons un exemple. À la publication de *Moby Dick*, en novembre 1851, on a vendu quelque 2000 copies du légendaire roman. Combien de ces exemplaires subsistent aujourd'hui ? Quelques centaines, tout au plus.

On sait bien ce qui advient des copies invendues : le pilon, c'est-à-dire le compostage. Mais les 2000 copies en question ont été vendues. Et, l'on peut présumer, lues.

Qu'est-il advenu de ces livres ?

On pourra recourir aux explications exotiques : copies incendiées, pulvérisées par de voraces moisissures amazoniennes, perdues en mer, avalées par un séisme, encastrées dans un glacier ou dans le béton d'un barrage, emmurées, oubliées dans un grenier.

Mais l'exotisme n'explique pas tout. Aussi faut-il en arriver à l'unique explication plausible : la plupart de ces copies se sont retrouvées, l'une après l'autre, au dépotoir.

Que révèlent nos ordures à propos de notre relation au livre ? Témoignent-elles de la pertinence et de l'abondance du livre comme objet culturel ou, au contraire, de notre indifférence à son endroit ?

Elles illustrent en tout cas le peu d'imagination dont nous faisons preuve, à l'heure de larguer nos bouquins. Certaines cultures ont fait bien mieux que nous — je pense par exemple aux genizah, ces cagibis où, dans les synagogues, on entrepose les vieilles Torah inutilisables afin qu'elles s'y désagrègent lentement, et meurent de leur belle mort.

Cette idée poétique est, bien entendu, impraticable à grande échelle. Imagine-t-on la genizah d'une civilisation comme la nôtre, où il se publie un livre toutes les 30 secondes ? Cela fait des dizaines, voire des centaines de milliers de nouveaux livres chaque jour — avec des rejets à l'avenant.

D'une certaine manière, ces genizah existent déjà : ce sont les marchés aux puces, l'Armée du Salut, certaines bouquineries — ces endroits situés à l'extrême limite du spectre commercial, à la rentabilité improbable, et où les entrées dépassent toujours les sorties.

Quiconque a visité un marché aux puces l'a remarqué : ces genizah débordent. Le trop-plein est, par définition, incontenable.

Vous vous souvenez peut-être de ce bouquiniste de Longueuil qui, en février 2007, après avoir été évincé de son local, a vu 500 000 de ses livres envoyés au dépotoir de Saint-Nicéphore ?

Tout le monde a crié au scandale.

Qu'aurait-on pu faire avec ces livres ? Les refiler aux bibliothèques ? Elles débordent elles aussi, et organisent des ventes de livres annuelles afin de faire de la place. Et qu'advient-il des invendus, croyez-vous ? Sans doute bazardés (au kilo) à quelque grossiste, qui écrème et revend. (Sans doute une portion de ces rejets est-elle envoyée en Haïti, au Sénégal, au Mali. Une charité qui ne coûte pas cher, et ne vaut guère plus.)

Peu importe l'angle sous lequel on examine l'équation, on aboutit toujours au dépotoir — tout comme l'humain au cimetière. Chacun son site d'enfouissement.

Au fond, ces livres que je trouve dans les ordures me ramènent toujours, par un étrange détour, à ma propre mortalité.

Les philosophes aiment à rappeler qu'il est vain de thésauriser, et que nul n'emporte ses REER dans sa tombe. Plus rarement ose-t-on dire que nos prétentions intellectuelles sont tout aussi vaines, et que nos lectures les plus méritoires disparaîtront avec nous.

Que vous ayez lu Zola ou Danielle Steel, c'est du pareil au même. Ça ne fera pas de vous un macchabée plus ou moins intéressant.

3 mars 2010

Une visite chez le grossiste

J'ai eu, au cours de la dernière année, quelques occasions de faire de la promotion dans le *ROC* ou dans les librairies anglophones. Bien que les us et coutumes commerciaux n'y soient pas si exotiques — ce n'est pas le Japon, après tout —, j'ai tout de même été surpris par quelques détails.

Par exemple, les signatures en série.

On vend en effet, dans les librairies anglophones, des livres signés de la main de l'auteur. Tout cela se passe sans tambour ni trompette : l'auteur débarque chez World's Biggest Bookstore, serre la pince du gérant et signe 40 ou 50 exemplaires. Parfois plus. Tout dépend de l'inventaire et du poignet de l'auteur.

Les livres ainsi griffés sont dotés d'un auto - collant *Signed by the Author* et se vendent, me dit-on, sensiblement mieux.

Ces séances de signatures peuvent prendre des proportions épiques. Lors de ma dernière virée à Toronto, mon plan de vol indiquait une corvée de signature chez North 49 Books, un grossiste situé dans un parc industriel septentrional.

Selon mon papier, quelque 720 livres m'attendaient là. À raison de 6 secondes par livre, et une gorgée de café de temps en temps, je calculais 75 minutes de boulot.

Je m'en suis tiré à bon compte : il ne restait que 200 livres en inventaire. Nous avons expédié le boulot rondement. Quelqu'un s'occupait des caisses, quelqu'un ouvrait les bouquins à la bonne page, bibi maniait le Bic.

Exercice amusant de la semaine : signez votre nom 200 fois de suite. Après 100 signatures, votre main acquiert une volonté propre. À 150, vous oubliez votre propre nom. Passé le cap des 200, vous commencez à souffrir de légères hallucinations visuelles — des serpents et des échelles dansent devant vos yeux.

Pour tout dire, je regrette de n'avoir pas signé les 700 copies promises. Je suis resté avec, comment dire, une curiosité neurologique insatisfaite.

À l'évidence, la tradition des signatures ne date pas d'hier. On peut voir, chez North 49 Books, un mémorial informel des auteurs venus signer leurs œuvres au cours des années. Des centaines de photographies qui couvrent un bon bout de corridor, et forment un intéressant album de famille.

Roméo Dallaire se trouve là, l'air grave. Et Mordecai Richler, les tifs en bataille, les lunettes au bout du nez, occupé à signer ses exemplaires de *Belling the Cat*. Et Margaret Atwood aussi, avec son éternel sourire — un fait d'autant plus amusant, à bien y penser, qu'elle a inventé une machine afin de signer ses livres à distance.

On pourra juger durement ces signatures en série, en les réduisant à une manifestation de taylorisme culturel. Après tout, qu'est-ce qui différencie un livre signé à la chaîne d'une automobile, d'un circuit imprimé ou d'une petite pelle en plastique Hello Kitty ?

Mais voilà : les lecteurs prisent les exemplaires signés — et qui suis-je, pauvre romancier généraliste, pour dire aux lecteurs qu'ils sont dans le champ ?

Certes, il semble un peu bizarre d'accorder de la valeur à une signature toute seule, sans dédicace, griffonnée en série. Mais il ne faut pas oublier que la notion même de dédicace est, en soi, un peu bizarre.

Qui a dit, après tout, qu'au travail abstrait d'écriture, d'édition et d'impression devait idéalement s'ajouter une phase artisanale où l'auteur bricolait une phrase sur mesure pour un lecteur ad hoc ?

Toute pratique culturelle est étrange. Il suffit d'aimer un tant soit peu la culture populaire japonaise pour s'en rendre compte.

Tiens, tant qu'à y être, je me demande s'il ne serait pas possible de bonifier un brin ces fameuses signatures en série…

Il me vient à l'esprit ces présentoirs d'articles pseudo-personnalisés que l'on trouve dans les Dollarama et les Canadian Tire. Vous savez, ces tourniquets où une Valérie (par exemple) pourra dénicher un porte-clés Valérie, un décapsuleur Valérie ou une tasse Valérie ?

Le principe serait aisément applicable aux signatures. Il suffirait de dédicacer les livres en utilisant un bassin de prénoms choisis — avec un soin scientifique — dans les statistiques démographiques du lectorat cible : 50 copies pour Sarah, 30 copies pour Jean-Pierre, 40 copies pour Josée, et ainsi de suite.

Oui, je sais. Cette idée risque de révolutionner la promotion du livre. Ne me remerciez pas, ça me fait plaisir.

31 mars 2010

Une enfance condensée

Chaque romancier s'est vu demander au moins cent fois : *quelles sont vos influences ?* Question classique, increvable, universelle, je l'ai entendu poser aussi bien par des adolescents que par des vieillards.

De toute évidence, l'origine de l'écrivain obsède le lecteur. Ou peut-être s'agit-il seulement d'une question passe-partout ?

À cette interrogation convenue l'écrivain fournit généralement une réponse convenue. Il évoque Yourcenar et Melville, Conan Doyle et Jules Verne. Plus audacieux, il osera peut-être parler de Greg, dont l'*Achille Talon* aura enrichi le vocabulaire du futur romancier avec des mots tels *cuistre*, *véhémence* ou *hilarité*.

Ce portrait idéal de l'enfance littéraire est un tapis aux motifs subtils, en dessous duquel on balaye les miettes : lectures honteuses, insignifiantes, et autres *Petzi*.

Comment décide-t-on de ce qui constitue une lecture honteuse ? Réponse simple : on ne le décide pas. La honte nous est imposée, et rarement de manière explicite, aussi notre subconscient se charge-t-il du sale boulot d'écrémage.

Autrement dit : les lectures honteuses sont celles que l'on oublie.

Amnésie partielle, donc, aussi insidieuse qu'involontaire, et que les questions des lecteurs aggravent toujours un peu plus. Chaque fois que le romancier explique combien *Moby Dick* a été important pour lui, Archie et Véronica s'enfoncent un peu davantage dans les profondeurs de l'esprit.

Le problème, c'est que tous ces livres dûment oubliés nous ont tout de même construit, et peuvent encore exercer une influence sur nous.

Heureusement, la mémoire est comme la mer : elle n'avale pas tout, et il lui arrive de recracher, de temps en temps, d'intéressantes carcasses. Poupée décapitées, espadrille orpheline, serpent de mer.

L'autre jour, en parlant avec ma sociologue préférée, une série de souvenirs m'a brusquement picoté la mémoire, comme un nuage de maringouins dans un pare-brise : en une brève (mais intense) seconde, j'ai revu les *Sélection du Reader's Digest*.

Sélection du Reader's Digest : ce grand dinosaure qui régnait en maître sur le Jurassique de mon enfance.

Dans les années 80, on trouvait des piles de la légendaire revue dans (presque) tous les bungalows du continent. Sur chaque réservoir de chaque toilette sommeillaient quelques numéros gondolés. On en trouvait des copies javellisées dans les chalets, les salles d'attente, les coffres à gants, les ventes de garage.

Des centaines de millions de copies circulaient autour de nous en permanence, si bien qu'il aurait fallu se livrer à une véritable objection de conscience pour ne *pas* lire le *Sélection*.

Ça n'a pas été mon cas.

J'y ai lu de tout, tel un docile garçon nord-américain. Le meilleur et le pire — et le pire ne manquait pas, il faut bien le dire. Celui qui n'a pas lu « *Humour en uniforme* » par un après-midi pluvieux n'est pas autorisé à parler de l'ennui.

Effet secondaire de l'anthologie : tout ce que j'ai lu dans *Sélection*, même le meilleur, flotte aujourd'hui dans un flou artistique.

Je me souviens vaguement de l'histoire d'un scaphandrier coincé à marée basse sous la coque d'un pétrolier, des mémoires d'un avaleur de sabres, ou de ce récit très ballardien (et néanmoins vécu) d'un type qui, ayant plongé dans un ravin, passa trois semaines coincé dans la carcasse de sa voiture, à extraire les vers à viande de son mollet avec une pince à sourcils.

Je garde un souvenir précis, en revanche, de cet article sur l'homme de Tollund, une momie millénaire retrouvée en 1950 au fond d'une tourbière danoise, dans un état de conservation tel que l'on pouvait compter les poils de sa barbe.

Je dois aussi à *Sélection* ma première lecture de « *La patte de singe* », cette nouvelle d'horreur classique de W. W. Jacobs, et dont la scène finale me tourmente encore, parfois, au beau milieu de la nuit.

On pourrait donner cent raisons pour lesquelles *Sélection* constitue une lecture honteuse — à commencer par ce que l'on pourrait nommer la *culture du condensé*.

Et pourtant, c'est grâce à ces versions condensées que j'ai pu découvrir le *Motel des mystères*, un livre publié en 1979 par David Macaulay, et dont la lecture a irrémédiablement changé ma vision du monde dans lequel nous vivons.

Des années après, je repense à ces vieux numéros du *Sélection* et j'y trouve les fondements de plusieurs de mes obsessions, l'une des sources lointaines de mes romans.

Aurai-je seulement le courage de l'avouer, lors de ma prochaine entrevue ?

14 avril 2010

La disparition du livre — épisode 5173

Elles ne datent pas d'hier, ces rumeurs selon lesquelles la technologie va tuer le livre.

Ça n'a sûrement pas commencé dès les premiers *tita titati ti* de Guglielmo Marconi, mais on peut supposer que la radio et ses feuilletons ont sans doute compté parmi les tout premiers médias incriminés.

En vérité, le premier agresseur digne de ce nom aura été le cinéma, avec son approche résolument moderne de la narration. (Encadrez *moderne* d'une paire de guillemets, si vous en avez envie.)

La télévision a ensuite pris le relais — ce qui aura permis à Marshall McLuhan de mener une bonne et fructueuse carrière —, suivie de Pacman, du Lite-Brite, du ciné-parc, de l'ordinateur personnel, du Web, de la Wii et du iPad.

Cette longue lignée de Attila le Hun devait, à un moment ou un autre, entraîner la disparition du livre. Mais évidemment, ladite disparition ne s'est pas encore produite — et pour une simplissime raison : le livre est increvable.

Il s'accroche telle une vigoureuse grippe, chevillée solidement au corps de notre culture.

J'en veux pour preuve que notre civilisation n'a jamais produit tant de livres — et que si ce n'était de l'épineuse tâche qui consiste à les vendre, nous en produirions encore davantage. La presse et le pilon ne refroidissent guère, ces années-ci.

D'ailleurs, on aura compris ceci : c'est non pas le livre que menacent les nouvelles technologies, mais la lecture.

D'un point de vue technique, cela revient au même : sans lecteur, un livre n'est jamais qu'un cale-porte. D'un point de vue philosophique, en revanche, il s'agit d'un tout autre problème — et d'une tout autre chronique.

Quoi qu'il en soit, j'entendais récemment parler d'un nouveau péril : Internet ne menacerait plus simplement le lecteur, mais l'écrivain lui-même.

C'est connu : si Internet permet de se documenter vite fait et de récupérer ces précieuses journées que l'on gaspillait autrefois à flirter avec les bibliothécaires, cela ne va pas sans quelques détours par Facebook ou Twitter (selon votre religion), d'occasionnels interludes Youtube (loisir œcuménique), ou tout bonnement un bon vieux déficit d'attention googliforme.

À l'époque où le romancier généraliste piochait sur sa vieille Olivetti, la matière à distraction était moins agressive. Tout au plus pouvait-on s'égarer en cherchant un mot dans le *Petit Robert* — anecdote historique qui, de nos jours, plonge les moins de 20 ans dans la plus profonde perplexité.

Il faut le reconnaître : en matière de distraction, le dictionnaire en pulpe d'arbres morts est un hochet inoffensif comparativement à la toute-puissance de Wikipédia.

Bref, les écrivains arrivent au même constat que tout le monde (et à peu près en même temps, pour faire changement) : la fréquentation excessive d'Internet ramollit la productivité et raréfie l'écriture.

Le mal de ce siècle encore jeune, quoi.

Et puisque la tradition veut que les écrivains cherchent très fort à se distinguer des autres travailleurs, certains s'estiment plus affectés par le Web que la moyenne de leurs contemporains, vu la concentration soutenue que requiert l'écriture de fiction.

Pire encore : certains prétendent que la fréquentation abusive de *CNN.com*, de *Farmville* ou de ces désopilantes vidéos de hamsters occupés à grignoter du pop-corn finirait par endommager la capacité même d'imaginer, de structurer et de rédiger un récit littéraire — si bien que ce n'est plus seulement le temps qui ferait défaut aux auteurs, mais la syntaxe même de la fiction, son rythme, sa cohésion, son originalité.

Voilà : je nous sens à deux doigts de céder (une fois de plus) à la panique. Brandissant le spectre de l'acculturation et de l'avachissement moral, nous exigerons bientôt l'administration de Ritalin aux romanciers, une initiative inspirée du programme de distribution de méthadone.

Le Web n'est-il pas le nouvel opium du peuple ?

Trêve d'alarmisme. Voyons plutôt le bon côté des choses : Internet nuirait à l'écriture littéraire ? Excellente nouvelle ! Faites un peu le calcul : voilà des décennies que nous redoutons la disparition du lecteur. En escamotant les écrivains, la disparition du lecteur devient anodine. N'est-ce pas là une élégante solution ?

(En attendant, je file chez Canadian Tire acheter un boîtier en acier afin d'y cadenasser mon modem. On n'est jamais trop prudent, lorsqu'il s'agit de travailler sur un roman.)

21 avril 2010

Le crépitement du sel sur le sol

Je suis un lecteur paresseux : je refuse de trimer pour rien. J'aime les livres qui sont difficiles parce qu'ambitieux. Leur difficulté et l'effort nécessaire pour les lire m'apparaissent alors justifiables.

Mais souvent, la difficulté n'est que de la poudre aux yeux, du bitume narratif. L'auteur serait arrivé au même résultat — voire à un meilleur résultat — s'il avait daigné alléger son texte. Donner de l'air et des repères au lecteur.

Pardon ? Tout est une question de style ? Ne me faites pas rire, j'ai les sinus congestionnés.

À trop buter sur ces livres inutilement tarabiscotés, je suis devenu paresseux. Je respecte désormais l'écrivain qui me respecte, et qui ne cherche pas à m'empêtrer dans son *duct tape* syntaxique.

La paresse implique, en revanche, de s'astreindre de temps en temps à des lectures coriaces — car paresse et mollesse n'ont rien à voir.

Ce goût du dur à cuire remonte, je crois, à ma première lecture de *Moby Dick*.

J'avais 16 ou 17 ans, et il a dû me falloir un certain acharnement pour lire jusqu'au bout les aventures du fameux Ishmaël. Vingt ans plus tard, pourtant, je ne me souviens d'aucun effort particulier : uniquement de l'orgueil d'avoir talonné Herman Melville jusqu'à la dernière page.

Je n'avais pas bêtement terminé *Moby Dick*, voyez-vous : j'étais devenu *Moby Dick* — à l'instar de ces personnages de Ray Bradbury qui, ayant mémorisé un livre, en deviennent l'incarnation.

Depuis, je me suis tapé un certain nombre de bouquins ardus — tous n'étant pas, du reste, ardus pour les mêmes raisons.

Certains livres sont difficiles sans l'être vraiment : il s'agit en fait de « livres que l'on dévore couché à plat ventre sur son lit » (selon la formule perequienne), mais dont le projet est si ambitieux, si vaste, qu'il faut simplement savoir s'accrocher.

Appartiennent à cette catégorie : *La vie : mode d'emploi* de Georges Perec (justement), tous les derniers romans de Neal Stephenson (*Cryptonomicon*, le *Baroque Cycle* et *Anathem*), et *Le ciel de Québec* de Jacques Ferron.

Certains livres sont difficiles, en revanche, parce que leur projet s'avère fondamentalement tordu. Le récit s'y déroule d'une manière si distinctive et atypique que cela chamboule (voire redéfinit) notre façon de penser le récit.

C'est notablement le cas de *Sometimes a Great Notion*, de Ken Kesey, un roman où trois narrations s'épissent et se croisent, souvent dans le même paragraphe.

Lire un livre difficile s'apparente au sumo. Vous vous tenez à moitié nu, sur le bord de l'arène. De l'autre côté du cercle se dresse le livre, massif et menaçant. Cinq cents pages de muscles et d'inertie.

Il lance une poignée de gros sel dans le cercle — et au moment où le sel crépite sur le sol, votre cœur arrête de battre. La lecture commence.

Dans les sports de catch, on ne gagne pas avec des pichenottes et des taloches. Il faut agir avec vélocité. Empoigner le *mawashi* de l'adversaire, rompre son équilibre.

En gros : la victoire se joue durant les trois premières séances de lecture. Lire cinq ou six pages ne suffit pas, il faut en abattre une petite centaine — et bien les maîtriser. Passé ce cap, la lecture se simplifie. Vous habitez le récit. Vous anticipez les clés de bras syntaxiques et autres crocs-en-jambe narratifs. Mieux : vous en redemandez.

Mais cette approche est plus facile à préconiser qu'à pratiquer, et plusieurs bouquins m'ont mis K.-O. tout simplement parce que j'ai manqué de discipline.

Je n'ai, par exemple, jamais pu dépasser les premières pages de la *Recherche du temps perdu*. Quant aux *Rêveries* de Rousseau — pourtant pas réputées insurmontables —, elles m'ont mis au plancher en moins de 10 pages. Sans doute l'envie me faisait-elle défaut.

D'autres livres, par contre, attendent toujours une revanche. Ils m'ont fait mordre la poussière, mais je n'ai pas dit mon dernier mot. C'est le cas d'*Underworld* de Don DeLillo, du *Pendule de Foucault* d'Eco, et du *Joyce* de VLB.

Ces poids lourds devront cependant patienter un peu puisque je viens de me lancer mon petit défi estival. Si vous vous demandez ce que bibi lira dans son hamac durant le mois de juillet, ce sera *Gravity's Rainbow* de Thomas Pynchon, en V.O.A. Huit cents pages bien tassées, et post-moderne à souhait.

Il me tarde d'en découdre.

23 juin 2010

Pourquoi les Maoris se font-ils tatouer le visage ?

J'aime bien les bibliothèques vieillottes — je pense à celle de mes parents, par exemple, qui certes s'est enrichie au cours des décennies, mais dont les strates les plus profondes se sont tout de même déposées au cours des années 60.

Aucune vente de garage, aucun bac de recyclage n'a altéré son contenu : elle demeure intacte.

On y trouve encore toutes sortes de mirifiques vieilleries, depuis l'*Encyclopédie de la femme canadienne* jusqu'au dictionnaire *Bélisle* (acheté en livrets et relié avec de gros rivets en cuivre), en passant par de vieux manuels de sciences naturelles, quantité d'encyclopédies, et les inévitables anthologies du *Reader's Digest*.

L'étonnant ne tient pas seulement dans ces titres, bien sûr, mais dans leur juxtaposition : *Il est minuit, docteur Schweitzer* de Gilbert Cesbron peut avoisiner, par exemple, *L'Instinct de mort* de Jacques Mesrine.

La bibliothèque de mes parents est un cadavre exquis.

Sans doute mon éducation de romancier généraliste a-t-elle commencé là, dans la fraîcheur du sous-sol familial. Je ne sais pas quel genre d'écrivain je serais devenu si nous avions eu une bibliothèque plus cohérente — constituée, disons, par un théologien monomane ou un obsédé de mécanique diésel.

Non. À la maison, nous avions une bibliothèque généraliste. Le royaume du savoir aléatoire et de la connaissance lâchée lousse.

Or, parmi les ouvrages les plus généralistes, se trouvaient ces petits livres de connaissance générale. Ils s'intitulaient *Le saviez-vous?* ou *Mille questions amusantes*.

Sur la couverture jaunie, une paire d'enfants s'abreuvaient à la source du savoir, sagement assis à la table de la cuisine — au lieu (bien sûr) d'aller bouter le feu aux ordures dans la ruelle.

Ces opuscules étaient organisés par pages thématiques — ainsi pouvait-on, de section en section, apprendre ce qu'étaient le chlorure de sodium, la ville aux sept collines, les noces d'étain ou la capitale du Dahomey.

Ça ne servait pas à grand-chose, mais ça épatait les cousins. Elle commence jeune, la fascination pour l'érudition inutile.

J'ai encore déniché un de ces bouquins dans une bouquinerie, l'été dernier. Je n'ai pu m'empêcher de l'acheter, tant ces pittoresques bouquins exercent encore leur attrait sur moi. Il s'agit d'une « édition révisée » (et néanmoins moisie) de *Here's the Answer*, un recueil de questions/réponses colligées par Albert Mitchell.

Albert Carlyle Mitchell (1893-1954) : animateur américain qui, 30 années durant, joua le rôle de l'Answer Man sur les ondes radiophoniques américaines. Avec l'aide d'une vaste équipe de collaborateurs, Mitchell répondait aux innombrables questions que lui envoyait son auditoire.

Quelques exemples ?

À quelle vitesse se déplace une balle de fusil ? Le fer perd-il du poids en rouillant ? Quelle est la longévité d'un goéland ? Pourquoi les Maoris se font-ils tatouer le visage ? Peut-on transformer la soie d'araignée en étoffe ?

Dans un siècle modelé par la science et la technique, Mitchell était la nouvelle Pythie : on le consultait afin d'obtenir réponse aux plus obscures angoisses.

C'était hier. De nos jours, on peut identifier au moins une tendance éditoriale claire et indéniable : le marché de ces petits bouquins frise désormais le zéro absolu (- 273,15 °C).

La raison en est si simple que je crains de vous insulter en la décrivant ici : le Web fait désormais office d'immense *Le saviez-vous ?*

Votre dose d'érudition aléatoire vient maintenant de *Wikipédia*, de YouTube, de Reddit. Si on trouve encore d'excellentes chroniques telle *The Straight Dope* (rédigée par l'insaisissable et légendaire Cecil Adams), il faut reconnaître que le mandat est désormais rempli par le Web social.

Aujourd'hui, les livres-pour-épater-la-galerie constituent des exceptions. Je pense, par exemple, à *Uncyclopedia*, cet ouvrage publié en 2003 par le journaliste Gideon Haigh (spécialiste de cricket, dit-on), et que j'ai conservé sur le réservoir de ma toilette pendant un an ou deux. Au cabinet des curiosités, pour ainsi dire.

Il s'agissait d'une lecture amusante, et l'édition de bonne qualité — cartonné avec jaquette — faisait presque oublier qu'il s'agissait d'un fossile vivant. Le dernier de ces ouvrages qui occupaient, il y a 30 ans à peine, une vaste niche écologique.

Ce biome florissant est, aujourd'hui, devenu le gisement de bitume de La Brea.

(Pour plus d'informations au sujet de l'étonnant gisement de La Brea, je vous invite naturellement à consulter *Wikipédia*...)

29 juin 2010

Dr Fleming et Lady Gaga

Si vous le permettez, j'aimerais ajouter une chronique de plus à la rubrique Ces Questions Classiques Que Posent Les Lecteurs.

La question du jour : où trouvez-vous vos idées ?

La réponse est désarmante de simplicité. *Partout*. En fait, pire que partout : n'importe où. Pour reprendre une expression désuète, on pourrait dire que les idées se trouvent sous le pas d'un cheval. Ou, en l'occurrence, sous le pied de mes enfants.

Je ramassais récemment les livres éparpillés sur le plancher de notre salon, ce qui constitue sans doute la tâche la plus inutile que je puisse imaginer. Capharnaüm est un mot familier chez nous.

En écartant une pile de *Binou*, je suis soudain tombé sur un de mes livres d'enfance : un fascicule à propos du légendaire cœlacanthe, publié par le Musée national des sciences naturelles.

Le cœlacanthe, au cas où vous l'ignoreriez, constitue l'un des plus spectaculaires fossiles vivants jamais découverts. Les paléontologues croyaient ce gros poisson blindé disparu depuis 60 millions d'années jusqu'à ce qu'un chalutier sud-africain en ramène un dans ses filets la veille de Noël 1938.

Ce premier spécimen ayant viré à la viande avariée avant qu'on pût l'étudier sérieusement, les scientifiques entreprirent de distribuer des avis de recherche sur la côte africaine et jusqu'à Madagascar.

Les fossiles vivants étant par définition rudement casaniers, les avis de recherche furent publiés pendant des années sans donner le moindre résultat.

Il fallut attendre presque 15 ans avant qu'un nouveau spécimen ne fût signalé, cette fois sur une petite île des Comores. Extatiques, les chercheurs s'y précipitèrent à bord d'un avion militaire nolisé pour l'occasion, dans l'espoir d'examiner la bête dans sa prime fraîcheur cadavérique.

Mais les chercheurs n'étaient pas au bout de leurs surprises. Le pêcheur indigène qui s'était trimballé le poisson — une belle bête de 90 livres — depuis l'autre côté de l'île leur révéla en effet que les gens du coin connaissaient l'existence du cœlacanthe depuis belle lurette !

Telle était l'incroyable vérité : les Comoriens utilisaient cet immangeable poisson afin de réparer les crevaisons de vélo. Lorsqu'il fallait coller une rustine, rien ne raclait mieux la chambre à air que l'écaille rugueuse d'un cœlacanthe.

À partir de cette anecdote magnifique, on pourrait écrire un roman comico-tragique sur la science et la civilisation, sur la technologie et le savoir aborigène. Suffit d'ajouter un nazi à l'œil torve et une belle paléontologue, et vous voilà parti pour Hollywood.

Vous voulez des idées ? Et voilà : on les trouve partout, n'importe où.

J'aimerais jouer l'avocat du diable et ajouter qu'on ne trouve aucune trace de cette histoire de cœlacanthe et de rustine sur le Web. Ça ferait une chute amusante. Ce serait cependant inexact. On trouve quelques rares références à cette histoire sur Google, essentiellement des fichiers pdf qui sommeillent au fond d'obscurs serveurs universitaires.

De bien modestes résultats, il faut le dire, en regard des 113 millions de pages au sujet de Lady Gaga.

Aussi bien dire que je n'aurais jamais découvert cette information si le fascicule du Musée national des sciences naturelles ne s'était glissé sous mon pied. Ainsi va la vie : il ne suffit pas de savoir où chercher une idée, encore faut-il connaître l'existence de l'idée en question.

Or, littérature et science partagent cette vieille faiblesse fondamentale : il n'existe aucune méthode pour dénicher des idées, des solutions ou des poissons préhistoriques dont on ignore ignorer l'existence.

Le hasard seul sait s'en charger.

Afin de donner ses lettres de noblesse à ce phénomène, les anglophones lui ont donné un joli nom : *serendipity*.

Peut-être connaissez-vous cet épisode classique : le docteur Alexander Fleming, réputé pour tenir son laboratoire dans un désordre déplorable, laissait souvent croupir dans l'évier des piles de boîtes de Petri crasseuses. Un jour, en faisant la vaisselle, il découvrit qu'une spore mystérieuse avait colonisé une de ses boîtes de Petri, éradiquant toute activité bactérienne avoisinante.

On dit souvent que le docteur Fleming a trouvé la pénicilline ; il serait plus exact de dire que la pénicilline a trouvé le docteur Fleming.

Vous voulez savoir d'où viennent les idées ? De partout, de nulle part. Elles dérivent autour de nous comme des millions de spores en suspension dans l'air.

Ce qui manque, ce ne sont pas les idées. Ce sont les boîtes de Petri.

21 juillet 2010

Le romancier portatif

Les animaux en captivité développent des tics. Ils grignotent leur écuelle, font d'interminables promenades en huit ou se grattent jusqu'à l'os.

L'écrivain ne fait pas exception : durant les milliers d'heures qu'il passe enchaîné à son clavier, il n'est pas rare que l'animal développe sa petite collection de manies.

En ce qui me concerne, par exemple, j'ai jeté les dés d'un ancien jeu de Monopoly, j'ai lu les manchettes du *Nunatsiaq News* (l'hebdomadaire d'Iqaluit), j'ai rêveusement manipulé — au choix — un morceau de minerai d'ilménite ramassé à Saint-Urbain PQ, un pinceau en soies de porc, mon vieil Opinel n° 7.

Les manies sont souvent arbitraires, mais il arrive qu'elles soient liées à un aspect du récit : un personnage, un concept moteur.

Par les temps qui courent, par exemple, j'écris sur les ruches et les abeilles. Or, ma consommation de miel a pris des proportions telles que j'en garde maintenant un pot à portée de main, à côté de mon ordinateur.

(Je précise qu'il s'agit d'un miel exceptionnel, produit à Saint-Paul-de-la-Croix. Je songe à inclure mon apiculteur et ses abeilles dans les remerciements de mon prochain roman.)

Ces manies pourraient sembler bénignes, voire purement décoratives. Certaines jouent pourtant un rôle précis : elles agissent comme liant. Elles contribuent à la continuité du lieu et des circonstances où se développe le récit.

C'est le grand défi de l'écrivain — à tout le moins du romancier : garder le cap. Persister. Se replonger dans le même bain, chaque matin, mois après mois.

L'écrivain est un animal d'habitudes — et qu'est-ce qu'une manie, sinon une pathologie mineure de l'habitude ?

Lorsqu'Ernest Hemingway terminait une journée de travail, il laissait une phrase en suspens. Il lui suffisait de la compléter, le jour suivant, pour enchaîner naturellement. Et Stendhal, lorsqu'il écrivait la *Chartreuse de Parme*, lisait chaque matin quelques pages du Code civil afin de « prendre le ton », « d'être toujours naturel ».

Pour ma (très modeste) part, j'écoute certaines chansons en boucle — jusqu'à 50 fois par jour. Il n'y a qu'à remettre la même chanson, le lendemain matin, pour me replonger aussitôt dans l'état d'esprit de la veille.

Ces petites manies sont souvent matérielles. Elles reposent sur des fétiches, des objets, des meubles — ce qui met en lumière un détail important : le romancier est un mammifère sédentaire.

À cet égard, je suis le spécimen type. J'ai toujours eu de la difficulté à bien travailler sur la route. L'absence d'ergonomie est un facteur important : qui n'a jamais rédigé quelques feuillets dans un bus, avec l'ordinateur en équilibre sur la tablette à café, ne sait rien de l'insondable fragilité de l'inspiration.

Mais le problème dépasse le simple confort matériel : il touche le confort de l'esprit. Voilà en fin de compte ce que procurent manies et bibelots.

Le sujet me semble d'autant plus actuel qu'il touche la portabilité croissante de nos outils de travail : l'omniprésence des téléphones intelligents et autres tablettes, ces ordinateurs portables qui ne coûtent plus rien, sans oublier le nuage de données, les réseaux sans fil, les applications de partage et de synchronisation.

Nous nous échinons à désintégrer le bureau, à le faire tenir dans la paume de la main. Mais le romancier est-il vraiment portatif ? Ses manies sont-elles transportables ?

Il reste bien sûr l'option spartiate : tout dans le crâne. Rien à traîner.

Cette approche est semble-t-il à la mode au sud de la frontière, où se multiplient les reportages sur ces individus qui se départissent de tout, ne gardent que le très strict minimum.

Je pense au cas de Rolf Potts, un auteur de guides de voyage qui s'apprête à faire le tour du monde en 12 pays et 42 jours, en n'emportant pour tout bagage que ce qui pourra tenir dans sa veste.

Bref, je vais bientôt partir une semaine en Australie pour participer à deux festivals littéraires —

et cette question me travaille. J'ai beaucoup trop de boulot pour me permettre de ne pas emporter mon ordinateur, mais je sais que, à défaut de recréer mon espace vital, je ne serai bon à rien.

Alors en attendant de devenir un romancier spartiate, je jouerai de prudence et je glisserai dans mes bagages un petit flacon de miel.

Un flacon de 100 ml ou moins, bien sûr.

25 août 2010

Pygmalion et Frankenstein

« Une poule », écrivait Julian Barnes, « est le moyen que prend un œuf pour produire un autre œuf. »

Je me répète souvent cette boutade, histoire de me rappeler l'importance d'envisager certaines situations sous un angle diamétralement opposé. On gagne parfois à prendre un problème à rebours.

Prenez le cas de l'écrivain. On le présente comme un individu qui conçoit et rédige des textes d'une taille appréciable, généralement imprimés et diffusés sous forme de livre.

Le lecteur, pour sa part, n'arrive dans l'équation que par la suite, lorsque le romancier a quitté l'édifice. Ce décalage a fait dire aux théoriciens de la sociocritique que la réception de la littérature était aléatoire. Impossible de déterminer qui lira un bouquin, ni où, ni comment.

Dans la galaxie Gutenberg, le lecteur tient lieu de matière sombre. Il est d'ailleurs de bon ton, parmi les écrivains académiques, de prétendre ne pas s'occuper du lecteur.

Mais peut-être faisons-nous erreur ? Peut-être concevons-nous la chaîne de production dans le mauvais sens ?

Et si, en fait, le livre était simplement le moyen que l'écrivain utilisait (plus ou moins consciemment) afin de créer une communauté ? Et si c'était le lecteur qui constituait l'objectif de l'écriture, et non le livre — banal catalyseur d'encre et de papier ?

Après tout, le lecteur dure plus longtemps que le livre, lequel se voit éjecté dans la haute atmosphère comme l'étage usagé d'une fusée.

Cette idée m'est venue à l'esprit alors que je lisais ce texte où un blogueur énumérait dans le détail ses commentaires et annotations en marge du roman *Pattern Recognition*, de William Gibson. Rien n'y échappait : coquilles, erreurs et anachronismes. Il soulignait les tics, les autoréférences, les redondances. Chipotait jusqu'à la ponctuation, l'orthographe et autres miettes.

La lecture de cette liste m'a plongé dans l'inconfort, peut-être à cause de l'ambiguïté du ton : je ne parvenais pas à établir avec certitude si, en fin de compte, le type avait apprécié ou non le roman. Entre peaufinage et décapage, la différence est parfois mince.

Une chose me semblait cependant certaine : ce genre de lecture minutieuse me semblait assez typique du lecteur de Gibson.

Gibson, voyez-vous, est un romancier sérieux. Même lorsqu'il fait de l'humour, il s'agit d'humour sérieux — cérébral, pince-sans-rire et au troisième niveau. Qui tient dans les détails. Un humour ninja, qui se déplace sans bruit, dans les cages d'ascenseur. (Tout le contraire d'un Neal Stephenson, soit dit en guise de contre-exemple, qui fait de l'humour même lorsqu'il est sérieux.)

Bref, il ne faut pas s'étonner que le lectorat de Gibson soit lui aussi sérieux. Gibson a rameuté ces gens, après tout. Il a créé un lecteur à son image, un lecteur gibsonien, et chaque roman de Gibson contribue à renforcer l'identité de ce lecteur.

Ne dit-on pas d'un lecteur fidèle qu'il suit un auteur ?

Dans la même veine, on pourrait s'amuser à faire le portrait-robot des lecteurs balzacien, calvinesque, mironien, conradien. À chaque auteur son lecteur, assemblé avec plus ou moins de conscience, plus ou moins de pérennité — plus ou moins de talent, en somme.

Car voilà bien le bénéfice de cet inhabituel point de vue : il remet en cause la nature même de ce concept usé que l'on nomme « talent ».

Dans un monde idéal, nous jugeons le talent d'un écrivain au regard du texte qu'il a écrit, voire du texte qu'il entendait écrire. Et si nous jugions plutôt le talent de l'écrivain en étudiant la nature de son lecteur ?

À bien y regarder, de nombreuses questions sur le livre se transposent tout naturellement à son lecteur. S'agit-il d'un lecteur rigoureux, érudit, intelligent, sensible, novateur, intéressant ? Est-ce un lecteur ambitieux, prometteur ou bâclé ? Ce lecteur vieillira-t-il bien ? Survivra-t-il à son auteur, à son époque ? Est-ce bien le lecteur que désirait créer l'auteur ?

Cette approche ne jette pas les bases d'une nouvelle critique — il ne faut pas charrier —, mais elle introduit certainement une nouvelle compréhension des relations entre l'auteur et son lecteur.

Alors la prochaine fois que vous ferez la queue au Salon du livre, un bouquin dans la main gauche et un stylo Bic dans la main droite, ne vous demandez pas à quoi ressemblera l'auteur. Demandez-vous plutôt à quoi *vous* ressemblez.

Quel regard l'auteur portera-t-il sur sa créature ? Plutôt Pygmalion, ou plutôt Frankenstein ?

1er septembre 2010

Zéro calorie

Pour un écrivain, le lecteur demeure le grand mystère — en dépit du lien prétendument privilégié qui les unit, en dépit des occasions de se rencontrer en chair et en os, et en dépit (surtout) du fait que l'auteur est avant tout, lui-même, un lecteur.

Le mystère repose d'abord, évidemment, sur le sens que le lecteur donne aux mots. L'énigme de la connotation.

L'auteur pourra connaître à fond les cent définitions du mot « arbre », toutes les acceptions recensées dans les *Robert*, *TLF*, *GDT* et autres *Wictionnaire*, il demeurera tout de même incapable de prévoir, en fin de compte, quel arbre le lecteur s'imaginera.

Verra-t-il, spontanément, à froid, un saule pleureur, un chêne, un thuya d'Amérique ? Verra-t-il un orme de Marc-Aurèle Fortin ou un pin de Tom Thomson ? Verra-t-il une grande chose sale, couverte de lambeaux d'écorce et de larves ?

Ou bien verra-t-il, plus simplement, le poteau de la corde à linge des voisins, qu'encadre la fenêtre de la cuisine, et dont les nœuds et branches qui saillent de plus en plus avec les années évoquent l'épinette qui poussa autrefois dans quelque tourbière des Laurentides ?

Cet arbre informe est le buisson incandescent du mystère — et l'écrivain aura beau l'enrober de mieux en mieux afin d'en contrôler le sens, chaque mot ne fera qu'ajouter à l'incertitude.

Le lecteur est un mystère si vaste, en fait, que nous ignorons la raison pour laquelle il saisit un livre plutôt qu'un autre, pourquoi il le repose à sa place, le jette à bout de bras ou s'y plonge plus avant.

Avouons-le : nous ignorons même pourquoi le lecteur lit.

Le lecteur est un mystère tel que, se sachant soi-même lecteur, et constituant de ce fait un spécimen commode pour l'observation à bout portant, on n'arrive à aucune conclusion pour autant.

Autrement dit : ma pratique de lecteur ne m'apprend pas grand-chose, voire rien du tout, sur la pratique du voisin. Le lecteur est un sphinx pour le lecteur.

Un sphinx. L'image est un brin pompeuse, je le concède. Elle trahit surtout une sorte d'optimisme trouble — car prétendre que l'on est en présence d'un sphinx ne suppose-t-il pas qu'un dialogue est possible ? Qu'un secret existe ?

Et de cela, surtout, on n'est pas certain.

Il existe toute une industrie de cette littérature — je le dis sans la moindre miette de dédain, je vous le jure — qui ne vise qu'à changer les idées, à distraire le temps d'un vol Montréal-Paris.

Ce sont des romans aspirateurs, qui créent le vide, et dont on oublie le gros et le détail presque aussitôt le livre refermé, si bien que plusieurs lecteurs (j'en connais) réalisent parfois, un brin embarrassés, quelque part aux alentours de la page 150, qu'ils sont en train de se retaper un roman qu'ils ont lu l'année précédente.

(Ça m'est arrivé, maintenant que j'y pense, avec un roman de Tahar Ben Jelloun — comme quoi la littérature de gare n'est pas seule en cause.)

On méprisera à tort des romans aussi *oubliables* — car, n'est-ce pas, dans un certain cadre de lecture, où la détente est l'objectif principal, cette *oubliabilité* constitue en réalité un accomplissement. Il s'agit du signe le plus certain d'un texte qui s'ingurgite sans douleur et se digère bien. Zéro calorie. Le vide.

N'empêche que cette puissante industrie pose une question. À force d'occuper les meilleures places — vitrines, palmarès et tourniquets du Jean Coutu —, ne suggère-t-elle pas que le lecteur moyen cherche peu, qu'il ne cherche rien ?

Voilà, en somme, le grand mystère du lecteur : que fait-il là, l'air absent, un livre entre les mains ? Est-il en train de tuer le temps, ou se livre-t-il à une activité réellement importante ?

Ce mystère est une vieille démangeaison, car il ne se trouve guère d'écrivains — sauf peut-être parmi les nègres, ces *ghost writers* qui pondent des briques en série —, guère d'écrivains qui n'aient le sentiment, en écrivant un livre, de poser une question. Ou d'y répondre.

On ignore parfois la question, et la réponse n'est pas toujours claire, mais le sentiment demeure.

Le sentiment de planter un arbre dont on ignore tout. Dont on ignore même s'il poussera — et si ce sera un orme, un pin, ou un poteau de corde à linge.

29 septembre 2010

Le lecteur dans son habitat naturel

Récemment invité à rencontrer des étudiants à Halifax, j'allais loger chez une amie qui, juste à ce moment-là, partait pour l'Europe. Je me retrouverais donc seul chez elle — c'est-à-dire seul avec la chatte de céans et quelques plantes vertes.

Suis-je le seul à me sentir un peu misérable, laissé à moi-même dans un appartement inconnu ?

Vous passez tout à coup beaucoup de temps à chercher les interrupteurs électriques, le papier de toilette, les serviettes de bain. Vous vous battez avec l'ordinateur, dont le clavier est anglais ou AZERTY, ou qui nécessite une kyrielle de mots de passe.

Les gestes les plus banals se transforment parfois en manœuvres cruciales : comment ouvrir (ou fermer) les robinets de la douche sans vous ébouillanter ?

La situation se corse dans la cuisine, avec ses armoires, ses racoins et ses appareils électriques. Trouver le pot de miel ou de confiture devient une chasse au trésor. Où sont le beurre, les assiettes, le torchon pour laver la vaisselle ? Où, le thé, le sucre et les sacs en plastique ?

Puis arrive la liturgie du café. Angoisse.

Quelle cafetière utiliserez-vous ? La vieille napolitaine en alu, l'italienne électrique couverte de manomètres, ou le classique percolateur ? En cherchant le café, vous découvrez à coup sûr plusieurs pots et sacs, contenant plusieurs variétés de café et plusieurs moutures. Comment distinguer le caféiné filtre, le décaféiné pour italienne et la fine poudre pour concocter à même la casserole le gros café turc qui tue ?

Priez pour ne pas tomber sur du café en grains. Il vous faudra alors dompter le moulin électrique — et les probabilités de produire à l'aveuglette une mouture acceptable frisent le zéro.

Acculé au pied du mur, il ne vous reste qu'à abdiquer et décamper (non sans avoir longuement lutté avec la serrure) au débit de café le plus proche.

Squatter l'appartement d'autrui est une situation dénuée de spontanéité. Chaque geste résulte d'une négociation avec la matière — et cette négociation prend une tournure épique lorsque vous vous attelez à cette épreuve postmoderne qui consiste à allumer une télévision et ses appendices.

Vous vous escrimez sur la quincaillerie — quatre télécommandes, un écran, un lecteur de DVD, deux mystérieux terminaux et un amplificateur, le tout rapaillé par d'épaisses tresses de câbles multicolores et géré par une interface graphique conçue par un ancien pilote de F15 — avant de décider que, tout bien pensé, vous n'avez pas vraiment envie de regarder la télé.

Toutes ces petites contrariétés nourrissent une variété domestique (mais puissante) du mal du pays : à mi-chemin entre les quatre télécommandes et le moulin à café, vous aimeriez soudain vous retrouver en terrain connu.

Mais tout n'est pas perdu, car votre ami(e) a des livres !

C'est l'une des premières choses que vous avez remarquées en entrant dans cet appartement : les nombreuses bibliothèques. Pas une par pièce, mais presque.

Il vous faut parfois écarter une photo ou un bibelot, mais les livres sont là, juste derrière, et vous en faites l'inventaire avec appétit, cherchant à percer le système de rangement. Rien à voir avec Dewey ou la Bibliothèque du Congrès : l'ordre des livres reflète l'organisation (ou la désorganisation) mentale de votre ami(e), et rien n'invoque autant sa présence.

Du coup, vous vous sentez moins seul.

Mais il n'y a pas que les bibliothèques : vous tombez sur d'autres livres un peu partout, mêlés aux journaux et revues.

Ils occupent la table du salon, jonchent le plancher de la chambre, débordent de vieilles boîtes de carton. Ils traînent sur la table à manger, entre le sel et le poivre, et sous les coussins du divan. Ils s'entassent à côté du bain, à portée de main.

Et il se produit alors ceci : *vous voilà chez vous.*

Les livres forment un pays en soi, avec sa logique propre et son champ gravitationnel particulier. Là où on trouve des livres — que ce soit au garage, à la taverne ou au bazar —, le lecteur est à la maison.

Si bien qu'en dépit des contrariétés, je préfère souvent emprunter le divan d'un ami que de loger au Marriott. Certes, les chambres d'hôtel sont sans surprise ni contrariété — mais on n'y trouve jamais qu'un seul et même livre : la *Bible des Gédéons*.

Et croyez-moi : rien ne vous donne davantage le mal du pays.

6 octobre 2010

L’écrivain en terrain miné

Par un drôle de concours de circonstances, j’ai récemment dû répondre à quelques entrevues de l’étranger. France et Allemagne, si vous voulez le savoir.

Il est assez rare que, au cours de ces entrevues d’outre-mer, on ne me pose pas quelques questions — comment dire ? — *généralistes* sur le Québec.

Par exemple, comment se porte la littérature d’ici ? Quels auteurs faut-il absolument lire ? Quelle est l’opinion de la population québécoise sur le mouvement souverainiste ? Qu’est-ce qui distingue la culture de la Belle Province ?

Je trouve assez cocasse de me voir ainsi bombardé ambassadeur de mes concitoyens — quoique, notez bien, les mêmes questions me soient parfois posées au sujet de Montréal, de Rivière-du-Loup, du Canada, de l’Amérique et de la Francophonie.

Personne, jusqu’à présent, ne m’a demandé mon avis sur la condition de Terrien. C’est bien dommage. Il s’agit sans doute du seul sujet à propos duquel je me sens un embryon d’opinion cohérente.

Car si les questions relatives à la culture nationale me laissent songeur, indifférent ou effrayé (voire les trois à la fois), il faut admettre que j'éprouve l'impression d'une incompétence générale pour répondre à n'importe quelle question.

Le quiproquo consiste, en somme, à me croire spécialiste en quoi que ce soit.

D'où viennent les idées ? Pourquoi écrit-on ? Quel est l'avenir du livre ? Que faut-il penser de la promotion, des salons du livre, du Web, de Victor-Lévy Beaulieu ?

J'ai envie de répondre que toute réponse est potentiellement regrettable. La vérité est accidentelle. L'erreur et l'imprécision, omniprésentes.

Mordecai Richler disait : « Ne vous tournez pas vers les écrivains pour recevoir des leçons morales. » J'ajouterais pour ma part : « Ou des réponses. »

Le bon écrivain se reconnaît à sa capacité d'interroger, de susciter l'incertitude — ce qui rend assez étrange l'idée même de l'entrevue : comment espérer des réponses d'un spécialiste de la question ?

Les réponses ne sont pas la tasse de thé de l'écrivain.

Ses affirmations prennent souvent la forme de suppositions, de remarques, de théories. Et à raison : les gens croient trop souvent que l'écrivain détient la Vérité. Ils ont des attentes.

Forcément, dans ces conditions, avancer une réponse trop catégorique, c'est avancer en terrain miné.

*
* *

Stephen King a un jour affirmé que la figure du zombie — la version moderne, s'entend, celle cristallisée par George A. Romero dans *Dawn of the Dead* — symbolisait en fait le consumérisme excessif. Et que, par conséquent, les morts-vivants s'avéraient tout spécialement populaires durant les périodes de prospérité.

Lorsque la Bourse chutait, au contraire, les vampires regagnaient en popularité.

Réjouissante théorie, n'est-ce pas ? Et juste assez étonnante pour que l'on soit tenté d'y croire. Non seulement sent-elle la vérité, mais elle sent la vérité souterraine.

La vérité, comme les truffes, est toujours meilleure lorsqu'on la déterre.

Or il se trouve que le magazine *Wired* a décidé, la semaine dernière, de vérifier la validité de cette alléchante théorie. Ils ont comparé la fréquence des films et séries de zombies avec les fluctuations du Dow Jones depuis 1968 (année fondatrice de *Night of the Living Dead*).

Conclusion : la théorie de Stephen King ne tient pas la route.

Remarquez, ça ne rend pas l'idée moins intéressante. Un angle de lecture peut demeurer pertinent dans son ensemble, même si certains détails s'avèrent erronés.

Seulement voilà : on aurait tort d'y voir la description scientifique d'un phénomène culturel. La théorie ne survit pas à l'expérience.

*
* *

Je pose donc cette question : un écrivain peut-il refuser de répondre ?

Sans doute pas, non, à moins de pratiquer la réclusion. De nos jours, l'entrevue et le portrait représentent bien plus que de simples outils promotionnels : ils sont les deux principaux canaux par lesquels le lecteur accède à l'auteur (à l'exception du livre lui-même, s'entend).

Refuser une entrevue est souvent perçu comme un affront. Pas un acte de guerre, mais sans doute la menace pittoresque du calibre .12 chargé au gros sel.

Vous me connaissez : courtois, presque candide, pas polémiste pour deux sous — sinon, parfois, par inadvertance. Je ne refuse jamais une entrevue ou une séance de questions.

Pourtant, je vous jure, je n'ai jamais tant l'impression de faire de la fiction que lorsque je réponds aux questions d'un lecteur ou d'un journaliste.

20 octobre 2010

Saint Conrad Kirouac

On trouve une sainte, à Lima, auprès de laquelle on doit intercéder d'une manière un peu particulière.

Il faut d'abord nous rendre au cloître de Sainte Rose, situé au centre-ville, dans un coin où personnellement je ne traînerais pas la nuit tombée. Juste derrière serpente le légendaire fleuve Rimac, qui se résume aujourd'hui à un pissat boueux jonché de déchets.

Pour accéder au cloître, nous devons passer par le boulevard Tacna, une des grandes artères de Lima, avec ses huit voies de large où gronde un flux incessant de bus multicolores, de taxis bosselés, de camions et de motos — tout cela dans un nimbe de gaz d'échappement et de particules fines.

Un boulevard péruvien est une chose qui force le respect.

Mais oublions le quartier : nous sommes venus pour intercéder. Passons donc la porte du cloître. De l'autre côté du mur d'enceinte, tout est bien plus calme. On pourrait facilement oublier que l'on se trouve au beau milieu d'une mégapole.

Au fond de la cour, se dresse la statue de sainte Rose de Lima.

Il s'agit d'une femme mince, presque émaciée, l'air serein — et cet air serein est d'autant plus déconcertant que sainte Rose aurait dormi plusieurs années sur un lit hérissé de tessons de poteries. Le stoïcisme participe à l'édification des masses. Mais passons ce détail. Je ne suis pas très édifiable, de toute façon.

La légende de sainte Rose de Lima comporte cependant un détail qui me la rend intéressante : on prétend en effet qu'elle aurait su lire spontanément, dès l'âge de quatre ans, sans que personne ne le lui ait enseigné.

Cette légende explique d'ailleurs la procédure inhabituelle pour intercéder auprès de sainte Rose. Au pied de sa statue se trouve un puits, tari depuis longtemps, et qui s'enfonce à une vingtaine de mètres de profondeur. En y regardant bien, on découvre tout au fond un épais tapis de papiers, d'enveloppes et de cartes postales.

Voilà le truc : pour s'adresser à sainte Rose de Lima, il faut lui écrire. On griffonne ses souhaits, on plie le papier — et hop : au fond du puits.

Cette histoire peut vous paraître banale, mais songez que, partout dans le monde chrétien, et peut-être davantage en Amérique latine, l'usage consiste à transiger verbalement avec les saints.

Dans ces églises sombrissimes, les autels consacrés aux divinités locales — les Señor de los Milagros, Virgen de las Mercedes et autres San Simón — ne sont pas réellement des autels : ce sont des guichets. On y parle.

Cette pratique est, à n'en pas douter, un produit direct de l'analphabétisme : afin d'établir un contact direct avec l'au-delà, sans intermédiaire clérical, les pauvres ne pouvaient recourir qu'à l'oralité.

Alors vous imaginez un peu : une sainte à qui on doit écrire ?

Pas étonnant que j'aie entendu mes amis péruviens qualifier sainte Rose de *pituca*. Une sainte de la bourgeoisie.

* * *

On a beaucoup souligné qu'Alfred Bessette, le frêle guichetier des pères de Sainte-Croix, désormais saint André Bessette, était analphabète. On a moins souligné que, vers le milieu du 19e siècle, au Québec, l'analphabétisme était la norme. Quelque 60 % de la population, en fait.

Mais peu importe les statistiques, on perpétue le même refrain : saint André Bessette, un saint illettré. Un saint des béatitudes.

Il faut dire que ça fait une belle histoire, parole de romancier — mais pourquoi suis-je incapable de m'enlever de la tête qu'au Québec, l'analphabétisme est un ingrédient classique de l'héroïsme ? Une sorte d'épice qui aide à obtenir l'estime des foules, la sainteté ou un poste au Sénat.

Mais ce n'est pas la sanctification de l'analphabétisme qui m'irrite. C'est plutôt l'absence du contraire. Descendez dans la rue et demandez aux dix premiers badauds qui était le frère Marie-Victorin. Juste pour voir.

Vous aimez l'oratoire Saint-Joseph ? Moi, je préfère le charme humble du Jardin botanique — et, surtout, ce monument qu'est la *Flore laurentienne*. J'y fleure même, ce me semble, des odeurs de sainteté.

Vous êtes sûr que le frère Marie-Victorin n'aurait pas commis un petit miracle ou deux ? Guéri un ongle incarné ? Arraché une grosse écharde, soulagé une méchante grippe, éradiqué des pellicules chroniques ?

Si vous avez des informations à ce sujet, veuillez s'il vous plaît vous manifester.

27 octobre 2010

La Guerre des os

Dans son *Livre des êtres imaginaires*, Borges se livre à l'inventaire des basilics, dragons, golems et salamandres qu'inventèrent différentes civilisations au cours des âges.

Ce bestiaire prend des proportions impressionnantes — et, pourtant, l'auteur nous met en garde : « [...] *un monstre n'est pas autre chose qu'une combinaison d'éléments d'êtres réels*, [et] *les possibilités de l'art combinatoire frisent l'infini.* »

Ah, l'humilité de Borges devant la complexité de l'esprit humain.

En lisant ce livre, on croirait volontiers que les bêtes imaginaires sont forcément archaïques, le produit d'un folklore ancestral. Or le monde moderne n'est pas en reste, et sait fournir, à ses heures, ses propres animaux imaginaires.

Je rêve d'une réédition du livre de Borges où figurerait le brontosaure.

Lorsque j'étais enfant, tous les livres sur les dinosaures décrivaient cet imposant sauropode. Il appartenait au cheptel des incontournables, en compagnie des tyrannosaure, stégosaure, diplodocus et autres tricératops.

Or voilà que, au milieu des années 70, deux paléontologues mirent fin à un long débat en prouvant que le brontosaure était, de toute évidence, un apatosaure malencontreusement coiffé d'un crâne de camarasaure.

Objet de suspicion depuis des décennies, le brontosaure devint soudain une bête imaginaire, chassée des musées et des livres de science — comme quoi la science n'est pas à l'abri de la mythologie, puisqu'elle parvient à produire ses propres Minotaures.

Cette histoire plaira forcément à un lecteur de Borges, qui verra volontiers, dans *Le Livre des êtres imaginaires*, une œuvre épistémologique.

* * *

Se tromper de crâne, il faut le faire. Comment une telle méprise a-t-elle pu se produire ? Assez naturellement, à vrai dire.

Sur le terrain, les fossiles sont beaucoup moins ordonnés que dans les musées. Ils s'entassent sur eux-mêmes, voire les uns sur les autres, et s'avèrent souvent incomplets — si bien qu'il faut généralement exhumer plusieurs spécimens partiels afin de pouvoir reconstituer un squelette complet.

Pas étonnant que, dans ce grand puzzle osseux, les paléontologues se soient maintes fois emmêlé les tibias.

Mais il y a plus : il semblerait que la fréquence de ces erreurs soit directement proportionnelle au pouvoir, à la notoriété et à l'argent qui reposent dans la balance. C'est le cas du brontosaure, découvert dans la seconde moitié du 19e siècle, au cours d'une grande effervescence paléontologique que l'on nommera la Guerre des os.

Deux hommes en particulier se menèrent une lutte sans pitié : Edward Drinker Cope et Othniel Charles Marsh. Afin de se discréditer l'un l'autre, ces deux paléontologues recoururent aux procédés les plus spectaculaires : pots-de-vin, mercenaires, attaques à la une des journaux, magouilles politiques, espionnage, sabotage et dynamitage.

C'est dans l'urgence perpétuelle de devancer son adversaire que Marsh, en 1879, commit l'erreur du brontosaure. La rivalité l'avait emporté sur la prudence, au détriment du savoir scientifique.

Au terme de cette guerre, les deux hommes moururent ruinés — mais durant un siècle encore, on vit le brontosaure paître paisiblement dans les livres pour enfants.

Cette histoire n'est pas seulement borgésienne : elle vient débouter cette vision romantique de la science où des docteurs en sarraus immaculés cherchent le bien commun, de manière désintéressée.

Mon ami Martin, docteur en neurobiologie, prend toujours un malin plaisir à m'expliquer combien l'écriture d'un papier scientifique ressemble étrangement à l'écriture littéraire.

Certes, les scientifiques travaillent avec des données objectives, des résultats, des expériences reproduisibles. Pourtant, la structure d'un article repose essentiellement sur le biais que l'on donnera à ces résultats, sur la suggestion d'une histoire — en un mot : sur la narration.

La capacité de créer une narration sert non seulement à capter l'attention des pairs, elle permet également de se faire publier, de susciter la curiosité des médias — et, surtout, d'obtenir du financement.

Le financement n'est pas une mince affaire dans une discipline où le développement d'une simple souris transgénique peut coûter des dizaines de milliers de dollars.

Précisons qu'en recherche universitaire, les demandes de bourses doivent souvent être présentées trois ou quatre fois avant de se voir acceptées, et qu'en l'absence de subventions de fonctionnement, de nombreux labos souffrent de sous-financement chronique.

Il règne par conséquent une pression constante pour publier des résultats. Correction : une pression constante pour publier des résultats — et pour raconter une histoire à partir de ces résultats.

Faut-il s'étonner qu'il y ait des brontosaures ?

3 novembre 2010

Chapeau melon et modernisme

Signe des temps, l'édition 2010 du Salon du livre de Montréal aura lieu sous le thème « Livre ouvert sur le XXIe siècle ». Faut-il y voir un indice que le livre numérique est devenu un phénomène grand public ?

Je me souviens bien du premier lecteur numérique. Il s'appelait le Rocket eBook. Il était en plastique bleu — vous vous souvenez de ce pigment bleu de cobalt, très courant en 1998 ?

À l'époque, je rêvais d'avoir la peau bleue comme ça. Avec les cheveux en aluminium et la haute vitesse branchée dans la nuque. (J'aurais l'air con, aujourd'hui, avec mon vieux port Ethernet.)

Je me rappelle aussi la sortie du Sony LIBRIé, le premier lecteur à encre électronique, en 2004. Il n'était offert qu'au Japon. J'en salivais. J'imaginais, chaque fois, des bazars bondés dignes de *Blade Runner*.

Et voilà qu'après deux gros coups de pub — le Kindle et le iPad —, le livre numérique semble à deux doigts de devenir grand public. Ou peut-être pas ?

J'étudie l'affiche du Salon du livre, un peu perplexe. On y joue la carte techno, mais tout en sous-entendu. Le livre papier occupe encore la place centrale, surmonté d'un individu à chapeau melon très début de siècle (je parle du siècle passé, bien sûr), l'œil vissé sur une antique longue vue.

On en conclurait qu'il s'agit d'un modernisme pas trop menaçant, un peu frileux. Ou au contraire d'un modernisme *steampunk* radical.

Mais frileuse ou pas, cette affiche a le mérite de poser une grande question : que signifie « un livre tourné vers le XXIe siècle » ?

* * *

Laissez-moi vous raconter une discussion avec mon ami Martin. Nous dînions (le détail a son importance) dans un resto mexicain récemment ouvert à Beauport, en banlieue de Québec, et dont on me dit qu'il a été fondé par des saisonniers mexicains venus travailler à l'île d'Orléans au cours des dernières années.

Bref, tout en mangeant notre pozole (*muy rico*), nous parlons de mon troisième roman, des points de documentation qui m'obsèdent, et du roman *Pattern Recognition* de William Gibson.

Et voilà qu'à propos de Gibson, Martin me conseille de lire *Au bonheur des dames* d'Émile Zola. J'y trouverai de quoi carburer, m'assure-t-il.

Aussitôt de retour à Montréal, je me branche au Projet Gutenberg et télécharge *Au bonheur des dames* sur mon iPod.

Bon. Réglons une chose tout de suite : je n'ai jamais lu Zola. Rien du tout. Mais rassurez-vous, je me réveille, la nuit, pour avoir honte de n'avoir jamais lu Zola.

Quoi qu'il en soit, j'attaque les premières pages, et en trois minutes, top chrono, c'est l'illumination. Me voilà avalé par Zola.

Tout est là.

Amazon, Apple, Wal-Mart, Costco. Les chaînes de production et de revente. Les économies d'échelle. La publicité par réseaux sociaux. Le néolibéralisme. Ces modèles d'affaires qui façonnent le monde dans lequel nous vivons, qui façonnent ce que nous devenons.

Tout est déjà dans Zola.

Dans une prose maniaque, il raconte l'intelligence, l'ambition, la passion, mais aussi la férocité, le calcul, la violence commerciale — et le *Bonheur des dames* a beau dater de plus d'un siècle, il braque encore une lumière aveuglante sur l'économie actuelle.

Émile Zola était le William Gibson du Second Empire. Il décrivait non pas un monde futur, mais la futurisation du monde. Ou, pour reprendre les mots mêmes de Gibson : « *The future has already arrived. It's just not evenly distributed yet.* »

Là se trouve le quiproquo du modernisme : on croira que lire Zola sur un iPod constitue l'élément moderne de l'anecdote qui précède. Tout faux. Le iPod est un détail sans grande importance.

La modernité, c'est que je me sois trouvé dans un restaurant de Beauport ouvert par des saisonniers mexicains. Qu'un chercheur à la fine pointe de la neurobiologie m'ait recommandé la lecture d'un roman publié en 1883. Qu'il ait affirmé que ledit roman compléterait bien l'œuvre de William Gibson.

Et que, surtout, ledit roman se soit révélé un commentaire parfaitement actuel sur le monde où je vis.

J'ai déjà affirmé que le lecteur — et non le texte — était universel. Ce qui s'applique à l'espace s'applique pareillement au temps, et je peux aujourd'hui affirmer : Émile Zola est mon contemporain.

Ça, c'est la modernité, mes amis.

10 novembre 2010

La gloire frappe où elle peut

Certains métiers relèvent de l'archétype : plombier, infirmière, chauffeur d'autobus. Lorsqu'un tel métier est mentionné dans une conversation, il se produit un déclic dans le cerveau de l'auditeur. Une sorte de compréhension profonde et instantanée.

Des métiers comme calorifugeur, estimateur de coût ou répartiteur suscitent la curiosité. Les métiers archétypaux, au contraire, évoquent des images fortes, des passions. Ils s'adressent aux abysses du cerveau mammalien.

Écrivain est un métier archétypal.

D'accord : modérément archétypal. On n'a jamais vu un romancier dans un abécédaire de Richard Scarry, le crayon à l'oreille, entre un pompier et un fleuriste.

N'empêche, lorsqu'on avoue être écrivain, on voit une petite ampoule s'allumer dans les airs, à la verticale du crâne de l'interlocuteur — assez souvent suivie, il est vrai, de ce froncement de sourcils qui signifie : « *Pourquoi je ne l'ai jamais vu à la TV ?* »

J'ai noté cette réaction dans toutes sortes de lieux et de circonstances. Dans des salles de classe, des 5 à 7, des salons du livre. Dans le métro et aux douanes américaines.

Au chapitre des circonstances, cependant, rien ne battra le premier accouchement de ma blonde.

Je vous épargne les détails — mais bon, il approche 4 heures du matin, tout le monde dans la chambre est fatigué ou stressé, et nous allons procéder à une péridurale.

Je dis « nous » car, dans ces occasions-là, le conjoint est mis à profit. Il s'agit, voyez-vous, de maintenir les épaules de la femme bien immobiles, comme en un étau, cependant que l'anesthésiste introduit un cathéter entre deux vertèbres lombaires. Croyez-moi, ce n'est pas un racoin de l'anatomie où l'on a trop envie de batifoler.

Bref, c'est immanquable : tout en épaulant ma sociologue préférée, je me mets à visualiser l'aiguille qui s'enfonce entre ses vertèbres.

En général, ce genre de pensée ne me remue pas vraiment. Sans être un dur à cuire, j'ai l'estomac assez solide. Aucun problème avec les cartilages et les villosités.

Mais est-ce la fatigue ? Voilà que ça dérape. Je me mets à imaginer toutes sortes d'histoires d'horreur. J'anticipe déjà la paralysie, la paraplégie. Je vois des fauteuils roulants orbiter autour du lit.

Et hop ! voilà que je vire au vert. Je tombe dans les vapes une courte seconde et me réveille étendu au plancher. Une infirmière m'intime de ne pas bouger — il y a d'autres chats à fouetter.

Je reprends donc connaissance et contenance, couché sur le dos, humilié à mort.

Une minute plus tard, l'épidurale est terminée. L'anesthésiste remballe sa quincaillerie en sifflotant, l'air satisfait. Je jurerais qu'il se frotte les mains comme un mécanicien. Il va sortir de la chambre lorsque soudain il se ravise. Il revient sur ses pas, s'accroupit à côté de moi.

— Monsieur Dickner ?

— Oui ?

— L'écrivain ?

— Heu... oui.

La petite ampoule s'allume au-dessus de sa tête. Vaste sourire.

Andy Warhol a prédit que nous aurions tous, dans le futur, notre 15 minutes de gloire. Je n'aurais jamais cru que ça m'arriverait couché sur le plancher d'un département d'obstétrique. La gloire frappe où elle peut.

Quelques heures après l'accouchement, l'anesthésiste viendra me confier qu'il travaille sur un roman lui aussi. Juste au cas où, il me griffonnera ses coordonnées sur un petit bout de papier que je perdrai presque aussitôt, comme je perds tout — ce qui confirmera le cliché selon lequel l'écrivain est un animal désordonné et indigne de confiance.

Vous croyez que des histoires pareilles m'arriveraient si j'étais technicien de la faune ou analyste en chaînes d'approvisionnement ?

Je l'avoue : maintenant, lorsqu'on me demande ce que je fais dans la vie, je réponds *pigiste*.

17 novembre 2010

Êtes-vous un cyborg ?

Je discutais récemment, avec ma sociologue préférée, de la différence entre un vêtement et un instrument. Oui, nous avons ce genre de discussions.

Comment sommes-nous arrivés là ? J'avoue avoir oublié. Sans doute suis-je coupable. Règle générale, c'est moi qui entraîne et embourbe mes interlocuteurs dans les marécages de l'intellect.

En gros, je prétendais que l'outil prolongeait une partie active du corps (dents, doigts, main) cependant que le vêtement prolongeait une partie passive (épiderme, cheveux).

Au cas où vous ne l'auriez pas remarqué, les écrivains passent une bonne partie de leur temps à chercher des équivalences. Il existe tout un lexique pour les décrire. Comparaison, symbole, métaphore, allégorie, analogie, mise en abyme.

Les écrivains fonctionnent essentiellement par parallélisme. Ils aiment les escaliers et les valises à double fond. Cette baleine blanche n'est pas qu'une baleine blanche. Ce zombie n'est pas qu'un zombie. Et ce rideau que l'on transperce d'un coup d'épée n'est pas qu'un simple et banal rideau.

À la Bourse du sens, l'équivalence est toujours une devise forte.

Mais revenons à nos instruments, si vous le permettez… Je ne suis pas le premier qui réfléchisse à la question. On est rarement le premier à réfléchir à quoi que ce soit (y compris au fait que l'on est rarement le premier à réfléchir à quoi que ce soit), et mes propos paraphrasaient en vérité ce bon vieux Jorge Luis Borges.

Lors d'une série de conférences donnée à l'Université de Belgrade en 1978, l'écrivain argentin affirmait en effet que, de tous les instruments inventés par l'humain, le livre était sans doute le plus étonnant, car plutôt que de constituer une extension du corps, il constituait une extension de la mémoire et de l'imagination.

Cette phrase m'a longtemps hanté — mais en la relisant cette semaine, je me suis trouvé dans la délicate situation d'être (ma main tremble en écrivant ces mots) en désaccord avec Borges.

Le livre est un instrument unique, j'en conviens, mais non parce que le livre prolonge une chose discorporelle.

Peut-être ai-je été davantage contaminé que Borges par la culture scientifique, mais il m'apparaît clairement que notre mémoire et notre imagination ne procèdent pas de l'éther. Elles sont des fonctions neurologiques, et un neurone n'est ni plus ni moins corporel qu'un tympan ou un index.

En fait, la question me semble moins de déterminer la nature de ce que le livre prolonge, que la manière dont il le prolonge.

Le livre constitue-t-il vraiment un instrument ? Ne serait-il pas plutôt une prothèse, une orthèse, un vêtement ? La différence n'est pas triviale.

On prétend souvent que, en l'absence d'un lecteur, le livre demeure un objet mort. Il s'agit là d'un fait indiscutable. On oublie néanmoins que, pour fonctionner, le livre n'a pas besoin d'être lu, mais d'avoir été lu.

Voilà ce qui, en réalité, distingue le livre d'un banal instrument : le livre ne cesse pas d'agir dès la seconde où il quitte votre champ visuel.

Un marteau ne plante des clous que lorsque vous l'avez en main. Le livre, au contraire, continue d'agir même une fois fermé (ou éteint). La lecture change la configuration de vos neurones : des fragments du texte se retrouvent entreposés dans différents endroits de votre cerveau, où ils continuent de fonctionner plus ou moins fréquemment.

Pour tout dire, un livre qui n'agirait pas de la sorte serait inutile, inutilisable.

Le livre est davantage qu'un instrument, davantage qu'une prothèse : il s'agit d'un dispositif qui, par définition, s'implante dans celui qui l'utilise. Plus qu'un instrument, plus qu'une prothèse, il contamine le lecteur, devient le lecteur.

Il existe un nom pour désigner une personne à laquelle on greffe des dispositifs inamovibles : il s'agit d'un cyborg.

Le marteau sert à construire des maisons. Le télescope, à observer des objets très éloignés. La cuillère, à manger de la soupe. Le livre sert à créer des cyborgs.

Cabotinage argumentatif ? Sans doute. Je n'ai jamais la prétention d'être très sérieux. N'empêche qu'au cours de la même conférence, Borges explique comment, malgré sa cécité, il continue d'acheter des livres, de remplir les tablettes de ses bibliothèques — afin de « jouer à ne pas être aveugle ».

Je ne connais pas de meilleure définition d'un lecteur, d'un cyborg.

1er décembre 2010

Oui, mais si on danse ?

Pour quiconque aime s'encabaner, la vie d'Emily Dickinson est un modèle du genre.

Au tournant de la vingtaine, vers 1850, la poétesse américaine devint — comment dire ? — un brin sauvage. Elle évitait la compagnie des gens et préférait entretenir ses amitiés par correspondance. Bientôt, elle ne sortit plus du tout de chez elle. Cette manie s'accentua avec les années, si bien qu'à la fin de sa vie, elle ne quittait même plus sa chambre. On raconte qu'elle passa ses derniers mois dans une garde-robe, cachée sous une pile de linge sale.

On pourrait dire, en somme, qu'Emily Dickinson incarnait l'archétype de l'écrivain cloîtré. Par comparaison, Salinger était un vulgaire amateur.

La plupart des écrivains ont été, à un moment ou un autre, tentés par le fantasme du cloître — ne serait-ce qu'une semaine ou deux. Décrocher le téléphone. Refuser toute invitation. Pouvoir plancher sans interruption sur une poignée de chapitres difficiles.

Mais en réalité, bien peu d'entre nous y parviennent. Tôt ou tard, il faut sortir de la garde-robe.

Les causes et les raisons sont innombrables : prendre le pouls du monde, déblayer la voiture, racheter du café — sans oublier la bête nécessité de gagner sa croûte. Qu'il s'agisse de faire du 9 à 5 ou simplement d'arrondir les fins de mois, l'écrivain est dans le même bain que n'importe quel plombier : au bout de l'année, il doit avoir reçu davantage de chèques que de factures.

La promotion est un dossier en soi. Même un écrivain libre de fortune doit chausser ses bottes et aller donner un petit coup de main pour promouvoir ses livres — à moins, naturellement, qu'il ne souscrive à cette croyance animiste selon laquelle les bouquins se matérialisent comme par magie entre les mains des lecteurs.

Emily Dickinson n'avait pas à se soucier de ces trivialités, bien sûr. Elle conservait ses poèmes cachés dans une vieille boîte à chaussures, et la majorité ne furent découverts et publiés qu'après sa mort.

Un écrivain doit aussi sortir, de temps à autre, afin de jouer son rôle de citoyen. Les causes ne manquent pas. Haïti, la loi C-32, les droits humains, la langue française, l'alphabétisation, la souveraineté — sans oublier la littérature elle-même, qui ressemble parfois plus à une cause qu'à une discipline.

La bonne cause peut parfois revêtir des formes étonnantes. Je crois me souvenir que Marie Laberge, aux alentours de 2001, procéda à la mise au jeu lors d'une partie de l'Océanic de Rimouski. (Mais dans ce cas-ci, je ne saurais trop dire s'il s'agit d'une bonne cause ou de marketing.)

Bref, au moment où je tape ces lignes, je m'apprête à prendre part à la plus singulière des manifestations citoyennes : un bal.

Pour une sixième année consécutive, la Fondation des bibliothèques publiques de Toronto organise le Book Lover's Ball, une importante activité de financement qui sert à compléter le budget du plus vaste réseau de bibliothèques publiques en Amérique du Nord. Avec 99 succursales actives et Rob Ford à la mairie, on comprend qu'il faille arrondir les fins de mois.

J'ai reçu l'invitation avec un brin de perplexité. Un bal ? La cause me souriait — mais n'empêche, un bal… J'hésitais. Je voyais mal le rôle que pouvait jouer un romancier généraliste dans pareil événement. En outre, mes derniers pas de valse remontaient à 1989.

Je me suis naïvement inquiété auprès de mon attachée de presse : me faudrait-il danser ? « Danser ? » s'est-elle empressée de répondre. « Mon Dieu, non ! Ce serait tellement peu torontois ! »

L'appellation « bal » viendrait en fait des premières éditions de l'événement, alors que les invités devaient arborer un déguisement d'inspiration littéraire. Un genre de bal masqué peuplé de Tom Sawyer et d'Alice au pays des merveilles.

Le concept a été abandonné depuis, au profit d'un défilé de mode. Dommage. J'aurais été tenté de suivre le conseil d'une amie et de me présenter déguisé en grand cachalot blanc. Avec un peu de chance, j'aurais trouvé un capitaine Achab sur place, et nous aurions improvisé une chorégraphie.

À l'évidence, il s'agit d'un autre rendez-vous manqué.

Plus sobrement, j'ai frotté mes chaussures au cirage de parade, j'ai repassé ma chemise et je me suis entraîné à nouer un nœud Windsor sans m'étrangler. Au moment de quitter ma chambre d'hôtel, j'aurai sans doute une petite pensée pour Emily Dickinson.

16 février 2011

Bâcleurs et rebelles

Je me suis retrouvé récemment dans une discussion où mon interlocuteur prétendait pouvoir écrire l'expression « reste humain » au singulier. Comme dans : « La police a retrouvé un reste humain. » Pour ma part, je soutenais que l'expression ne s'utilisait qu'au pluriel — ce qui m'a valu une engueulade en règle.

Une fois seul, je me suis mis à douter. Pouvait-on vraiment utiliser « reste humain » au singulier ? Je me trouvais devant un ordinateur, aussi ai-je googlé les deux expressions. Ça ne remplace pas un dictionnaire, mais ça donne un bon point de départ — surtout si les résultats sont sans équivoque, du genre : 21 occurrences contre 457 900.

Dans le cas de « reste humain », en revanche, les résultats étaient ambigus : 45 307 contre 261 000. Un ratio de 6:1 ne constituait pas une évidence statistique très solide. Je me suis donc rabattu sur les sources habituelles : le *Trésor de la langue française* et le *Petit Robert*. Résultat : on n'y trouvait aucune occurrence de « reste humain » au singulier.

Ce verdict est-il définitif ? On ne peut jamais en être sûr. Il suffirait que mon interlocuteur déniche une occurrence de « reste humain » dans un ouvrage de référence obscur — le *Dictionnaire universel de l'Académie Reydau*, mettons — pour que l'expression soit recevable.

Le problème, c'est que certains ouvrages sont très, très exhaustifs.

Le *Bon usage* est l'exemple classique. La célèbre grammaire de Maurice Grevisse a quelque chose du cabinet de curiosités. La règle y est toujours clairement énoncée, mais il suffit que Balzac ait fait un écart de grammaire en 1841 pour que ledit écart devienne un alinéa. Le *Bon usage* contient des pages et des pages d'exceptions de cette nature. Si on vous reproche d'avoir commis une faute, vous pouvez toujours brandir Balzac. Ou Gide. Ou Montherlant.

Il est intéressant de penser qu'un seul auteur puisse peser aussi lourd que des milliers de quidams. Une erreur commise quotidiennement dans la rue pourra prendre des décennies avant d'être intégrée dans la norme — et, souvent, elle ne le sera jamais. Un Flaubert, en revanche, mouillera rarement ses chaussettes dans l'océan de l'erreur : là où il pose le pied, le continent de la langue française s'agrandit. La loi s'étire pour l'accommoder.

Cette convention part du principe — historiquement fondé — que les auteurs sont des bâtisseurs privilégiés de la langue. Non seulement consacrent-ils leur vie à l'écriture, mais la vaste majorité d'entre eux pratiquent la rature et la réécriture, la réflexion et l'analyse. Il est donc naturel de supposer que certaines de leurs erreurs ne sont pas vraiment des erreurs, mais bien des écarts réfléchis.

De nos jours, toutefois, cette convention semble de plus en plus difficile à défendre. Le statut d'un auteur, son autorité — pour revenir à la racine même du mot — n'impressionnent plus guère. Il y a plusieurs raisons à cela, mais la plus importante est sans doute la nette prédominance de l'auto-édition comme mode de diffusion de l'écrit.

Oui, je parle du Web.

Dans un monde où publier ses mots constitue un droit et non un privilège, où l'éditeur est perçu tel un intrus plutôt qu'un allié, le statut de l'auteur perd forcément de son importance.

Pour les grammairiens traditionnels, la langue littéraire était digne d'intérêt parce qu'elle était imprimée. Les écarts de Flaubert s'inscrivaient dans la masse tangible d'une œuvre, multipliée par son tirage. La langue vernaculaire, en contrepartie, était volatile. Pas de verbatim, pas de pièce à conviction.

Or, de nos jours, la langue vernaculaire est moins aérienne : grâce à *Google*, on peut obtenir des statistiques d'usage en temps réel. Autrefois on se réclamait de Balzac ; maintenant, on pourra brandir 45 307 résultats de recherche. La victoire définitive de l'usage sur la norme, diront certains.

Je crois pour ma part que la norme reste pertinente, envers et contre *Google*.

La norme n'est pas morale. Elle ne sert pas à distinguer le bon et le mauvais, le beau et le laid. La norme sert essentiellement à distinguer la paresse et le libre arbitre. Elle sépare les bâcleurs des rebelles. Dans un monde dépourvu de règles, prétendre à la liberté perd tout son sens.

Voilà au moins un point sur lequel Maurice Grevisse ne se trompait pas.

23 février 2011

Un alambic qui mijote au fond des bois

Ah, le pouvoir subtil des citations : elles apparaissent hors contexte, quand on s'y attend le moins, brefs éclairs de sagesse ou d'humour dans la morosité d'un mercredi matin de novembre.

J'envie ceux qui ont le chic pour les choisir et les placer. Jean-François Chassay, par exemple, signe ses courriels avec deux ou trois fragments mémorables. C'est toujours un vif plaisir, à la fin d'une de ses lettres, de tomber non pas sur une liste de coordonnées ou une notice légale, mais plutôt sur ces quelques mots de Frank Zappa : « L'esprit est comme un parachute : il ne fonctionne que s'il est ouvert. »

Je m'étais juré de l'imiter et de conclure moi aussi mes messages par quelque réjouissante citation de, mettons, Kurt Vonnegut. Pour ce faire, la manière rapide consiste à visiter un de ces répertoires Web contenant des milliers de citations classées par thèmes, par mots-clés ou (naturellement) par auteurs — encore qu'il faille se méfier des nombreuses citations apocryphes.

Prenez cette citation : « Le futur n'est plus ce qu'il était. » On l'attribue tour à tour à Robert De Niro, Arthur C. Clarke et Yogi Berra — alors qu'en fait, elle serait de Paul Valéry. La paternité intellectuelle est un concept vaseux, de nos jours.

Qui donc compile ces citations ? Quel anonyme et laborieux lecteur parcourt la littérature mondiale afin de la découper en petits lopins ?

Réponse : tout le monde. La citation est l'inévitable sous-produit de la lecture.

Je me suis longtemps targué d'avoir une mémoire visuelle impeccable et de pouvoir retracer presto tel ou tel passage d'un roman, plusieurs années après l'avoir lu. L'ironie, c'est qu'entre ces passages bien indexés s'étendent des chapitres et des chapitres dont je ne garde qu'un souvenir flou — si bien qu'en feuilletant des romans chers à ma mémoire, il me vient parfois l'impression désagréable qu'ils ont en fait été lus par quelqu'un d'autre.

Lorsque j'affirme avoir aimé un livre, c'est parfois que deux ou trois paragraphes mémorables se sont imprégnés dans mon esprit. Osons poser une épouvantable question : quel est le strict minimum de pages mémorables nécessaire pour qu'un livre laisse un bon souvenir à son lecteur ?

Je sais que, pour ma part, une seule page peut suffire à sauver un roman — et je n'arrive pas à décider si cela est rassurant ou désespérant.

Cela révèle au fond l'étrangeté fondamentale de la lecture. Nous nous absorbons pour une période prolongée dans un livre — cela peut durer de quelques heures à plusieurs mois — qu'il sera impossible de mémoriser dans ses moindres détails. La mémoire est une faculté puissante, mais pas à ce point, si bien que la plus grande part d'un livre est larguée après usage.

Le livre agit, en définitive, comme un réacteur nucléaire dont les entrailles gigantesques, après d'innombrables et complexes opérations, se contentent de chier une infime crotte de plutonium, une noisette de matière incroyablement dense : la citation.

Les pages qui séparent ces précieuses phrases ne forment qu'un dispositif : à la fois indispensable et accessoire.

Vous croyez que j'exagère pour les besoins de la chronique ? À peine. J'estime que nos cerveaux — et par conséquent nos cultures — fonctionnent réellement ainsi. Nous trions, nous distinguons, nous distillons. Lecteur, tu es un alambic qui mijote au fond des bois.

Et je le dis, en somme, sans savoir s'il faut s'en réjouir ou s'en affliger, mais sans le moindre cynisme — car enfin, ne lisons-nous pas nos propres vies de la même manière ?

À l'heure de mourir, prendrez-vous une minute pour penser à toutes ces déclarations de revenus entassées dans votre classeur ? Aux centaines d'heures d'attente passées à la clinique médicale, au garage, au bureau des passeports ? À tous ces matins où vous avez trié les matières recyclables, nettoyé le four, retiré les cheveux qui obstruaient le trou de la douche ?

Non, bien sûr.

En fait, vous ne prendrez même pas le temps de faire l'inventaire de tous les épisodes heureux de votre vie — car à moins que vous ne soyez très jeune ou très infortuné, la liste serait trop longue. Vous ferez une version abrégée. Un palmarès des moments les plus significatifs : ces quelques scènes qui condensent votre existence. De l'esprit-de-vie.

Que nous le voulions ou non, à l'heure de mourir, nos vies se transforment en l'équivalent métaphysique du Sélection du Reader's Digest.

Vous voilà avertis.

9 mars 2011

Un sujet moderne

À Lima, au début des années 2000, tout le monde était fatigué.

Évidemment, ça n'empêchait personne de vaquer à ses affaires comme si de rien n'était : aller au boulot, organiser fêtes et soupers, négocier le prix du sac de patates. La vie suivait son cours. Pourtant, derrière tout cela, on entendait le constant bruit de fond de la fatigue.

Le Pérou sortait d'une mauvaise passe. Imaginez dix ans de dictature, suivis de dix ans de démocratie entachée par le terrorisme, suivis d'une décennie de dictature de parti unique.

Économiquement, le pays mangeait ses bas. L'inflation avait été si forte quelques années auparavant — 7649% en 1990 — que les claviers des guichets automatiques étaient pourvus des touches « 0 », « 00 » et « 000 ».

Dans mon entourage, plusieurs personnes abattaient de longues journées de travail, souvent six jours par semaine. Beaucoup devaient voyager une heure matin et soir dans des bus kamikazes bondés. Mais le coup de grâce, c'était le climat. Il ne pleut jamais à Lima, mais le ciel reste totalement couvert de février à novembre — sans oublier le smog de circonstance.

On pourrait déduire qu'il régnait une certaine morosité dans la capitale péruvienne — mais non. Les *Limeños* restaient stoïques : cordiaux, festifs, courtois jusqu'à l'excès.

Mais la fatigue ! Tout le monde avait la batterie à plat. Matin et soir, dans les bus, les gens courbaient l'échine, le regard éteint — et cette fatigue de fond transparaissait partout : dans la politique, dans les médias, dans l'organisation du travail.

Jeune Occidental un peu naïf, je n'avais jamais vu l'épuisement à une telle échelle.

Je me souvenais de la mononucléose qui, durant mon adolescence, avait été un peu l'équivalent de la tuberculose pour nos grands-parents : une maladie mystérieuse, dont les victimes disparaissaient pendant des mois. (Et à 15 ans, le mois est l'unité de mesure de l'éternité.)

Des rumeurs couraient parfois sur le frère ou la cousine d'un tel, qui avait la mono, et nous tentions alors d'imaginer ce qu'était la fatigue chronique. Un épuisement qui s'étirait sur toute une année scolaire. Que rien ne soulageait.

Lima, il y a 10 ans, avait la mononucléose.

De nos jours, je ne sais pas. On dit que ça va mieux.

Chose certaine, c'est Montréal qui me semble aujourd'hui avoir le système immunitaire au tapis. Dans mon entourage, tout le monde est plus ou moins à plat. La trentaine y est peut-être pour quelque chose : les gens font des enfants et poussent leur carrière en même temps, les normes et la pression sociale s'accroissent sans cesse, le coût de la vie grimpe. On ne dort pas assez, et on fait du jogging afin de maigrir ou d'avoir sa petite dose d'endorphine.

Alors oui, évidemment, tout le monde est fatigué. Il s'agit du sentiment de la décennie — car, à bien y penser, il n'y a pas que les trentenaires qui soient fatigués en ce moment.

Et je pose donc la question suivante : quand avez-vous lu un roman sur la fatigue ? Avez-vous des titres à me conseiller ?

Perso, je n'en vois pas. Gabriel Garcia Marquez consacre quelques pages de *Cent ans de solitude* à la fatigue du colonel Aureliano Buendia. Murakami a parlé de la fatigue insomniaque. Cormac McCarthy a écrit plusieurs bons passages sur la question dans *La route*. Dans tous ces exemples, cependant, la fatigue ne constitue qu'un motif complémentaire, non le sujet central.

Pourquoi les romanciers ne s'intéressent-ils pas à cet état quotidien, familier — le plus universel qui soit ? La narration littéraire se prêterait-elle mal à la description de la fatigue ?

On pourrait prétendre, tiens, que le statisme de la photo permet de mieux capter l'affaissement. Je pense, par exemple, à la série *Tokyo Compression*, du photographe Michael Wolf, composée de photos de Japonais endormis contre les vitres embuées des wagons de métro. Trente siècles de fatigue sont concentrés dans ces visages écrasés contre le verre.

J'ai cependant de la difficulté à admettre que le roman soit inapte à parler de la fatigue — ou de quoi que ce soit, en fait. Je crois plutôt qu'il s'agit d'une forme de cécité sélective devant un sujet perçu comme mineur. Tout le reste a été couvert : la haine, le désir, l'amour, l'envie, la faim, la maladie, l'ambition, le découragement, l'anxiété, la dépression, l'amputation, l'impuissance, l'ostéoporose.

Alors c'est pour quand, le grand roman de la fatigue ? Je ne vois aucun sujet plus moderne.

18 mai 2011

DÉJÀ PARUS CHEZ ALTO

Nicolas DICKNER
Nikolski

Clint HUTZULAK
Point mort

Tom GILLING
Miles et Isabel
ou La belle envolée

Serge LAMOTHE
Le Procès de Kafka
(théâtre)

Thomas WHARTON
Un jardin de papier

Patrick BRISEBOIS
Catéchèse

Paul QUARRINGTON
L'œil de Claire

Alexandre BOURBAKI
Traité de balistique

Sophie BEAUCHEMIN
Une basse noblesse

Serge LAMOTHE
Tarquimpol

C S RICHARDSON
La fin de l'alphabet

Christine EDDIE
Les carnets de Douglas

Rawi HAGE
Parfum de poussière

Sébastien CHABOT
Le chant des mouches

Marina LEWYCKA
Une brève histoire du
tracteur en Ukraine

Thomas WHARTON
Logogryphe

Howard McCORD
L'homme qui marchait
sur la Lune

Dominique FORTIER
Du bon usage
des étoiles

Alissa YORK
Effigie

Max FÉRANDON
Monsieur Ho

Alexandre BOURBAKI
Grande plaine IV

Lori LANSENS
Les Filles

Nicolas DICKNER
Tarmac

Toni JORDAN
Addition

Rawi HAGE
Le cafard

Martine DESJARDINS
Maleficium

Anne MICHAELS
Le tombeau d'hiver

Dominique FORTIER
Les larmes
de saint Laurent

Marina LEWYCKA
Deux caravanes

Sarah WATERS
L'Indésirable

Hélène VACHON
Attraction terrestre

Steven GALLOWAY
Le soldat de verre

Catherine LEROUX
La marche en forêt

Christine EDDIE
Parapluies

Marina LEWYCKA
Des adhésifs
dans le monde moderne

Annabel LYON
Le juste milieu

Dominique FORTIER
La porte du ciel

Déjà parus chez Alto
dans la collection CODA

Nicolas DICKNER
Nikolski

Thomas WHARTON
Un jardin de papier

Christine EDDIE
Les carnets de Douglas

Rawi HAGE
Parfum de poussière

Dominique FORTIER
Du bon usage des étoiles

C S RICHARDSON
La fin de l'alphabet

Nicolas DICKNER
Tarmac

Lori LANSENS
Les Filles

Martine DESJARDINS
Maleficium

Margaret LAURENCE
Le cycle de Manawaka
L'ange de pierre
Une divine plaisanterie
Ta maison est en feu
Un oiseau dans la maison
Les Devins

Déjà parus chez Alto
dans la collection RUBATO
(tirages limités)

Robert LEPAGE, Marie MICHAUD et Fred JOURDAIN
Le Dragon bleu

LINO et Marc H. CHOKO
Lino

Jonathan FRANZEN et Gérard DUBOIS
Vivre à deux

Jean-Marc VALLÉE
Café de Flore

Edward GOREY
Les enfants fichus

Composition : Isabelle Tousignant
Conception graphique : Hugues Skene et Antoine Tanguay

Éditions Alto
280, rue Saint-Joseph Est, bureau 1
Québec (Québec) G1K 3A9
www.editionsalto.com

ACHEVÉ D'IMPRIMER
CHEZ TRANSCONTINENTAL GAGNÉ
LOUISEVILLE (QUÉBEC)
EN SEPTEMBRE 2011
POUR LE COMPTE DES ÉDITIONS ALTO

GARANT DES FORÊTS INTACTES

L'impression du *Romancier portatif* sur papier Rolland Enviro100 Édition plutôt que sur du papier vierge a permis de sauver l'équivalent de 18 arbres, 67 037 litres d'eau et d'empêcher le rejet de 1 015 kilos de déchets solides et de 2 640 kilos d'émissions atmosphériques.

EcoLogo 100 % BIO GAZ ÉNERGIE

Dépôt légal, 3e trimestre 2011
Bibliothèque et Archives nationales du Québec